★中华优秀传统价值观故事丛书★

勤政为民的故事

刘大杰 编著

吉林人民出版社

图书在版编目(CIP)数据

勤政为民的故事 / 刘大杰编著. -- 长春：吉林人民出版社，2012.5
（中华优秀传统价值观故事丛书）
ISBN 978-7-206-08853-7

Ⅰ.①勤… Ⅱ.①刘… Ⅲ.①品德教育—中国—青年读物②品德教育—中国—少年读物 Ⅳ.①D432.62

中国版本图书馆CIP数据核字(2012)第075419号

勤政为民的故事
QINZHENGWEIMIN DE GUSHI

编　　著：刘大杰
责任编辑：孟广霞　　　　　　封面设计：七　洱
吉林人民出版社出版 发行（长春市人民大街7548号 邮政编码：130022）
印　　刷：永清县晔盛亚胶印有限公司
开　　本：670mm×950mm　1/16
印　　张：12　　　　　　　字　　数：90千字
标准书号：ISBN 978-7-206-08853-7
版　　次：2012年5月第1版　印　　次：2023年6月第3次印刷
定　　价：38.00元
如发现印装质量问题，影响阅读，请与出版社联系调换。

目录 CONTENTS

1. 治邺有方的西门豹 …………………………… 1
2. 礼贤下士的魏文侯 …………………………… 5
3. 为国远虑削藩王的晁错 ……………………… 8
4. 虚心纳谏的汉文帝 …………………………… 11
5. 为国理财的桑弘羊 …………………………… 13
6. 以德治渤海的龚遂 …………………………… 19
7. 重农移俗的召信臣 …………………………… 22
8. 治国有方的光武帝 …………………………… 27
9. 治郡有方的杜诗 ……………………………… 31
10. 乱世兴邦安国的王猛 ………………………… 35
11. 开创"元嘉治世"的宋文帝 ………………… 39
12. 倡行"三长制"的李冲 ……………………… 43
13. 为政一郡造福一方的苏琼 …………………… 46
14. 为国献策的苏绰 ……………………………… 51
15. 清廉为官的孙谦 ……………………………… 55
16. 爱民如子的辛公义 …………………………… 59
17. 兴邦治国的姚崇 ……………………………… 62
18. 秉公执法的韩休 ……………………………… 69
19. 舍家为国的刘晏 ……………………………… 72
20. 秉公为民的贾至 ……………………………… 78
21. 直言劝谏的陆贽 ……………………………… 81
22. 执法不畏权势的韦澳 ………………………… 84
23. 救国拯民的柴荣 ……………………………… 87
24. 治通州的吴遵路 ……………………………… 90
25. 刚正不阿坚持正义的欧阳修 ………………… 92
26. 忧国忧民的宗泽 ……………………………… 96

— 1 —

目录 CONTENTS

- 27. 实行"汉法"的耶律楚材 …… 99
- 28. 中兴安民的董文用 …… 106
- 29. 不畏强权严惩民贼的道同 …… 109
- 30. 破除迷信的戚贤 …… 112
- 31. 治理黄河的潘季驯 …… 115
- 32. 恤民治国的明成祖朱棣 …… 119
- 33. 不谋私利的王翱 …… 123
- 34. 为民请命的况钟 …… 127
- 35. 忠心为国的年富 …… 132
- 36. 江南放粮的姚广孝 …… 136
- 37. 赈灾抚民的王竑 …… 139
- 38. 清廉爱民的徐九思 …… 142
- 39. 保民斗权贵的蒋瑶 …… 148
- 40. 辞官安民的高荫爵 …… 151
- 41. 革除城门税的刘荫枢 …… 154
- 42. 惩贪赈灾的刘统勋 …… 157
- 43. 护民惩县令的长牧庵 …… 160
- 44. 天下第一清官张伯行 …… 163
- 45. 深受百姓爱戴的汤斌 …… 166
- 46. 海疆治行第一人陈璸 …… 169
- 47. 扼杀馈送之风的杨锡绂 …… 174
- 48. 锐意改革的田文镜 …… 177
- 49. 心系百姓的郑板桥 …… 180
- 50. 舍命救稻的魏源 …… 184
- 51. 急民之所急的丁日昌 …… 187

1. 治邺有方的西门豹

西门豹是战国初期魏国一位颇有贤名的官吏。他是著名的政治家、军事家、水利家，曾立下赫赫战功。他与李悝、吴起等人一起协助魏文侯进行政治、经济改革，破除迷信，改变陈规陋习，使魏国走向富强。在他担任邺令时，破除"河伯娶亲"旧习，组织百姓兴修水利根治水患的故事，直到今天仍广为流传。

魏国的邺郡（今河北临漳县西南）位于魏、赵两国交界处，是个战略要地。魏文侯虽十分重视这个地方，但由于以往治理不当，加上漳河两岸堤坝年久失修，常常发生洪灾。所以百业萧条，百姓贫困，使许多人家离乡背井逃往外地。

西门豹担任邺令以后，决心改变这种状况。他召集当地长老，询问百姓疾苦。长老们异口同声地说："最让百姓苦恼的事，莫过于为河伯娶新妇。这也使邺郡变得贫困。"

西门豹不解，询问其中缘故，长老们回答说："因为每当夏秋时节遇到暴雨，漳河就会泛滥成灾，百

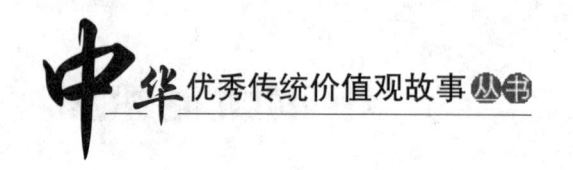

姓无力抵御，深受其害。邺地三老、廷掾等地方官吏，不带领百姓防治水患，却趁机与装神弄鬼的女巫勾结在一起，散布谎言说："河水泛滥是河伯显灵，索要新妇，只要每年送给河伯一个美女做新妇，就能免除水患，使百姓得到安宁。"于是，他们假借为河伯娶亲的名义，向百姓征收钱财数百万，用其中二三十万为河伯娶媳妇，剩下的便拿回自己家里去了。"

西门豹又问："河伯如何娶亲？"

长老解释说："每到为河伯娶亲时，女巫就到各家去转，见到谁家的女孩长得好看，就说她应该给河伯当新妇，旋即替河伯下聘定亲。随后，让这个女孩沐浴，换上丝绸做的新衣服，将她关在河边修起的斋宫里，斋戒度日。十几天后，她们把女孩打扮成新妇模样，放到河里的一张新床上，让她随水漂流。漂出十几里后，女孩便与木床一起沉入河里去了。有女孩的人家，害怕被选中，纷纷带着女孩远避他乡。所以，邺地人口越来越少，百姓也越来越穷。"

西门豹听了以后，决心革除这种陋习，于是不动声色地对长老们说："等到再为河伯娶亲时，请长老们与三老、廷掾、巫祝都到河边去送亲，并且请人告诉我，我也要亲自去送亲。"

到了河伯娶亲那天，西门豹带领随从吏卒，准时赶到河边。百姓听说刚来的邺令也来送亲，纷纷赶来围观，漳河两岸聚集了两三千人。

这时，只见一个七十多岁的女巫，在十几个女弟子的簇拥下来到现场。西门豹对女巫大声地命令道："去把河伯的新妇叫过来，让我看看美不美？"从人将被选中的那个女孩从斋宫中叫出来，带到西门豹面前。西门豹看了女孩一眼，转身对三老、廷掾和巫祝等人说："这个女孩长得不太美，麻烦老巫祝去跟河伯说一声，就说我将另选美女后天送给他。"说着，即命手下吏卒抱起女巫，把她扔进了河里。

西门豹摆出恭敬、严肃的样子站在河边，像是等待女巫的回信。过了一阵儿，又对身边的三老等人说："老巫祝去了这么久，怎么还不回来？想必是被河伯留住了，派个弟子去催一催吧！"随从吏卒抱起一个女弟子就扔到了河里。又过了一会儿，西门豹装作不耐烦地说："怎么那个女弟子去了这么久还不回来，再派一个弟子去催一催吧！"随即又把另一个弟子投入河中。这样一连往河里投进了三个女弟子，都不见回来。

西门豹又说："老巫祝年纪太大，弟子又都是女的，话说不清楚，还是麻烦三老走一趟吧！"又把三老扔到河里。

西门豹仍恭敬地肃立在河边，注视着河水。这时，长老和旁观的官吏都惊恐万分，百姓也纷纷议论。西门豹又等了很长一段时间，才转回头对廷掾等人说："巫祝和三老都不回来，怎么办呢？"说着准备让廷掾和豪长一齐下河去催。廷掾等人吓得面无人色，跪在西门豹

— 3 —

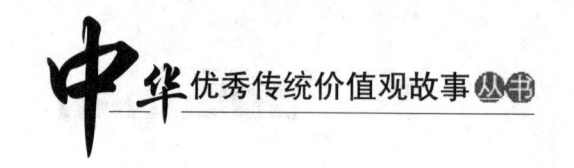

脚下把头都磕破了，鲜血流了一地。西门豹见此情景，知道廷椽等人再也不敢兴风作浪，替河伯娶亲了。于是，西门豹对廷椽、长老等人说："看来河伯留客留得太久，你们也都起来，先回去吧。"

经过这一次送亲，西门豹戳穿了河伯娶亲的骗局，惩治了鼓吹迷信，鱼肉百姓的邪恶势力，此后邺地再也没人提要给河伯娶亲或祭拜河伯的事了。

迷信和陋习虽然革除了，但漳河水患仍然存在。

为了根治漳河水患，西门豹发动和组织百姓共同开凿了十二条水渠，利用这些水渠把漳河水引入农田，不但灌溉了庄稼，而且减轻了漳河水患的破坏程度。

在开始挖沟修渠时，因为工作太劳累，很多百姓不愿意干，西门豹就耐心地开导他们，说："我们不能只顾眼前，虽然我们现在吃苦受累，但是，百年之后，我们的子孙会感谢我们今天的辛劳带给他们的好处的。"

经过努力，渠道修成之后，邺地的粮食产量提高了，人民也富足了，大家都很感激西门豹。直至之后的二三百年，当地百姓还在用那十二条渠道引漳河水灌溉农田，并对西门豹为民除害，惩治巫祝等人的故事津津乐道。

◆ 这则故事通过西门豹在邺县破除迷信和兴修水利两件事，宣扬了无神论的思想，歌颂了西门豹在政治上的远见，与腐朽势力做斗争的智谋、勇敢和治理邺县的历史功绩。

2. 礼贤下士的魏文侯

魏文侯，战国时期魏国的建立者。姬姓，魏氏，名斯，是魏武侯的父亲。魏文侯在战国七雄中首先实行变法，改革政治，奖励耕战，兴修水利，发展封建经济，北灭中山国（今河北西部平山、灵寿一带），西取秦西河（今黄河与洛水间）之地，成为战国初期的强国。

战国初期，魏国是最强盛的国家。这同魏国的国君魏文侯礼贤下士，知人善任是分不开的。

魏文侯建立魏国以后，听说魏国有一个隐士，名叫段干木，德才兼备，德高望重，所以想请他出来帮助自己治理国家。

有一天，魏文侯亲自乘车到段干木家去拜访。段干木在屋子里，听到魏文侯马车行走的辚辚声，就急忙翻过墙头躲了出去。魏文侯见不到段干木，只得怏怏而回。接连去了几次，段干木都不肯相见，魏文侯知其不可强求，只得作罢。

但是，魏文侯对段干木仍很尊重，每当车驾经过段干木门前时，魏文侯必定要从座位上站起来，扶着马车上的栏杆，低头致意。随行的人感到奇怪，问魏文侯说："段干木总是躲着不见，您为什么还要这样尊重他呢？"

魏文侯解释说："段干木先生是个很了不起的人。我虽然贵为国君，但是，段干木的品德、学识都比我高得多。他不慕富贵，不贪财势，这样的人，我怎么能不尊敬呢？"

魏文侯放下国君的架子，徒步到段干木家去。段干木被魏文侯的诚意感动，与魏文侯谈了很久，替他出了不少兴邦治国的良策。魏文侯请段干木出山，担任魏国的相国，段干木无论如何不肯，魏文侯就拜段干木为师，经常去拜望他，虚心向他求教。这件事传开以后，人们都知道魏文侯礼贤下士，求才若渴，所以，李悝、翟璜、吴起、乐羊等博才之士纷纷投奔魏文侯，帮助他治理国家。

一天，魏文侯问相国李悝说："我应该怎么做，才能招募到更多有才能的人到魏国来呢？"

李悝没有马上回答魏文侯的询问，却反问道："国君，您认为我们现在实行的世卿世禄制怎么样？"

魏文侯仔细想了想说："弊病不少，看来需要改革。"

李悝点点头说："这个制度不改，很多有才能的人就会埋没在民间，无法启用，这是很可惜的。"

原来，按照"世卿世禄制"，奴隶主贵族的封爵和俸禄是代代相传的。即使儿子什么才能也没有，是个憨傻之人，照样能够继承父亲的封爵和俸禄，享受奴隶主贵族的一切特权，过着优裕的生活。一些真正有才能的人，如果不是贵族，就无法得到重用。李悝把世卿世禄制的弊端分析给魏文侯听，魏文侯觉得很有道理，就向李悝请教说："现在我们应该如何改革呢？"

李悝果断地说："必须废除世卿世禄制。剥夺那些无功受禄，为官不谋政事的世袭贵族的特权。让那些有才能、有功劳的人得到爵禄，参与政务，得到重用。这样，各地的能人贤士就会到魏国来了。"

魏文侯听了，非常高兴。命令李悝立刻起草改革的法令，颁行全国，并把禄位和奖赏赐给一些对魏国发展有功的一般军士和平民，废止了一些奴隶主贵族的世袭爵禄。

这项改革，用新的封建官僚制度代替了旧的世卿世禄制，使大批新兴的地主阶级代表人物得到了提拔和重用。他们为魏文侯出谋献策，帮助魏文侯治国兴邦，取得了很大的成绩，使魏国很快就成为战国初期实力最强的国家。

◆ 这则故事歌颂了魏文侯礼贤下士的德行，并告诉我们如果做君主的人能够彰显自己的德行，天下的士人就都会归附他。要想国家安定，一定要得到贤士才行。

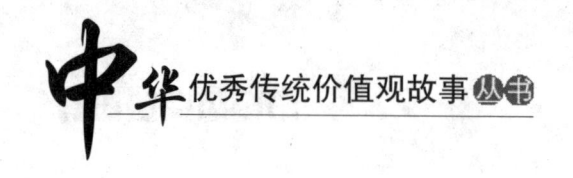

3. 为国远虑削藩王的晁错

晁错，是西汉文帝时的智囊人物，汉族，颍川人。汉文帝时，晁错因文才出众任太常掌故，后历任太子舍人、博士、太子家令、贤文学。在教导太子中受理深刻，辩才非凡，被太子刘启（即后来的景帝）尊为"智囊"。因七国之乱被腰斩于西安东市。

汉高祖刘邦夺取天下以后，裂土封赏同姓王，使得汉朝自关以东，藩封错列。各藩王领地大的跨州兼郡，连城数十，小的也管辖四五十城。而中央政府只剩下"三河、东郡、颍川、南阳，自江陵以西至巴蜀，北自云中至陇西，连京师内史，凡十五郡"了。这十五郡之中又插有一些列侯和公主的食邑。因此，藩王势力大有强过中央政权之势。

到了汉景帝即位时，各藩王自恃地广势强，目无法纪，骄横无礼，与汉王朝的矛盾更加尖锐，已经完全成为与汉王朝相抗衡的力量了。

对于当时的这种情况，朝中的有识之士都感到十分不安。丞相曾提出多封诸侯，分散藩王实力的办法，但是，由于功臣集团与同姓王的反对和抵制未能得以实施。

面对这种情况，御史大夫晁错从国家的利益和前途考虑，认为只有加强中央集权，彻底削除藩王势力，才能保证国家的长治久安，永绝后患。于是，晁错首先建议景帝："查诸侯之罪过，削其支郡。"也就是说，让景帝抓住藩王的一点过错，就削掉他们的一部分封地，使藩王的实力一点一点地逐步减小。然后，晁错又向景帝提出了《削藩策》三十章，明确地指出各藩王早晚都会反叛朝廷。现在进行削藩，他们会反叛，不削藩也会反叛。削藩，他们可能会反得早一点，对国家和人民的危害也就小点；不削藩，他们反叛可能会晚一点，那时他们势力更大，对国家和人民的危害也就更大了。

晁错的建议直接触犯了各藩王的利益，因此，遭到各藩王和宫中贵戚们的激烈反对和攻击。

晁错的父亲听到消息，急忙从家乡赶来劝晁错说："各藩王皆皇家子孙，他们都是一家人。你提出削藩，疏人骨肉，树敌招怨。为什么要做这样的事呢？"

晁错明确地回答他的父亲说："现在各藩王实力强大，朝廷不能控制。为了朝廷的尊崇、国家的稳定、百姓的安宁，我不能不这么做！"

他的父亲见无法说服他，不由得叹息道："刘氏的天下平安了，可是我们晁氏一家却危险了。"于是就喝毒药自杀了。

父亲的反对和自杀，并没有动摇晁错削藩的决心。

他建议景帝首先削除了楚王戊、胶西王卬、赵王遂的部分封地。景帝三年（前154年），晁错又建议景帝削吴。吴王刘濞听说自己将被削夺，便先发制人，联合胶西、楚、赵、济南、苗川、胶东六王，以"诛晁错，清君侧"为名，兴兵叛乱，进军京师。发动了"七国之乱"。

这时，晁错建议景帝御驾亲征，自己留守京师。可是景帝却听信谗言，误以为晁错"不称陛下德信，欲疏群臣百姓，又欲以城邑予吴，无臣子礼，大逆不道"，将其全家一起杀死，"以谢七国"。

晁错死后，七国并不退兵，景帝这才真正了解了晁错的一片忠心。于是下定决心削除藩王，派大将周亚夫率领大军前去征剿。经过三个月的力战，终于平定叛乱，削除各藩王势力，恢复了汉王朝的稳定。

晁错为国远虑削藩，毁家身死，不仅巩固了汉王朝的统治，也使百姓得到了安定和休养生息的机会，在历史上留下了为改革献身的英名。

◆ 这则故事告诉我们做人一定要做个性格耿直、忠心不二的人。要敢于追求真理，不畏强权，舍小家以大局为重，要有为国家献身的大无畏精神。

4. 虚心纳谏的汉文帝

汉文帝刘恒是历史上很有贤名的一位君主。他开创了"文景之治"的大好局面，使国家安定、百姓富足，尤其是他减轻刑罚，废除肉刑更受到百姓欢迎。

那是在汉文帝做皇帝的第十三年（公元前167年），齐国（汉代的封国）的太仓令淳于意，给人治病时出了意外，病人服药以后，不几天就死了。病人家属当官告其庸医害命，朝廷下诏将其逮捕，押解长安，处以肉刑。

汉朝时，肉刑共有三种：在脸上刺字，割掉鼻子，砍去左脚或右脚。因为淳丁意是现任县令，地方上判刑以后，必须押解到长安，由朝廷的司法机构来行刑。

淳于意生有五个女儿，没有儿子。当解差押着他即将动身时，他看着五个女儿感叹地说："唉！生女不如生男，有了急难，连一个顶用的人都没有！"他的小女儿缇萦听了父亲的话，又是伤心，又是气愤，一边哭一边想："女孩子为什么就不顶用？我一定要跟父亲到长安，想法救他。"于是，她收拾行李，沿途照顾父亲来到长安。

缇萦到了长安以后，要上殿为父求情，被禁军所阻。正在殿外哭泣时，听人说百姓有什么急难可以直接给皇帝上书，她就写了一封十分诚挚的书信，亲自送到皇宫，请求禁军转给汉文帝。

缇萦在书信里说："我是太仓令淳于意的女儿，名叫缇萦。我父亲做官的时候，齐国人都称赞他清正廉洁，是个好官。现在犯了法，理应服刑。但是，肉刑是一种非常可怕的刑罚，人死不能复生，割掉的鼻子，砍去的脚也不能再长出来，受刑的人会成为终身残疾，连悔过自新的机会都没有了。所以我愿意以身为奴婢，来赎我父亲的罪，使父亲能有一个改过自新的机会。"

汉文帝看了缇萦的书信，非常感动，觉得肉刑确实很残酷。就对负责司法的官员们说："刑罚的作用是告诫人们不要犯法。现在实行的肉刑使人们肢体断裂，肌肤损伤，以致终身残疾，害人一辈子，这样的刑罚太重了。应该修订一下法律，废除肉刑，用别的刑罚来代替它。"

丞相张苍等人经过反复研究，建议汉文帝用罚做苦工来代替脸上刺字；用打三百板子来代替割鼻子；用打五百板子来代替砍脚，他们拟定的这种刑罚，得到汉文帝的赞同。

◆ 这则故事告诉我们要虚心听取别人的意见，才会把事情做得更好。

5. 为国理财的桑弘羊

汉武帝元封元年（公元前110年），商人出身的桑弘羊被任命为治粟都尉，同时兼任大农令，代掌管盐铁营事，开始为汉朝政府理财。在以后的三十年里，桑弘羊帮助汉武帝在财政经济上以盐、铁、酒类专卖，均输平准，改革货币为主要内容进行的改革，并取得了显著的成果，为汉朝的繁荣强盛做出了很大的贡献。

下面记叙的就是桑弘羊理财中发生的两件事：

改革货币，始用五铢钱

古代的人买东西，常用的是一枚枚由铜制成的圆圆的钱。但是，因为管理不严，除了朝廷铸钱以外，社会上也有很多人私自铸钱。

起初，私人铸的每枚铜钱还重三铢（古代重量单位，二十四铢为一两），后来就铸得越来越轻，最轻的铜钱重量只有一铢，而钱的数量却越来越多。到了汉武帝的时候，已经有几十万人专门靠铸私钱牟取暴利。

社会上流通的铜钱轻重不一，数量过多，原来一枚

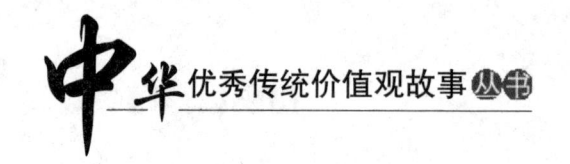

铜钱可以买到的东西，现在必须用三枚或更多的铜钱才能买到。有些商人又趁机哄抬物价，使铜钱更不值钱，以致朝廷到外地买东西，光拉铜钱的车就要排成长长的一队，非常不便。

汉武帝为了改变货币的混乱状况，也曾搞了几次改革，但都没成功。桑弘羊看到汉武帝为这件事一筹莫展的样子，心里也很着急。他在市场里转来转去，看到那些轻重不一、形形色色的铜钱，终于想出了一个好主意。他对汉武帝说："货币混乱，主要是没有统一的管理。今后由朝廷统一铸钱，任何地方和个人都不准再私自乱铸铜钱，违者处以重刑。为了整顿旧的铜钱，现行的三铢钱不许再用，要另铸一种新币才行。"

汉武帝听了桑弘羊的话，觉得很有道理，就高兴地说："这个办法很好，我立刻下令废除旧币，让各地把旧钱化成铜，上缴朝廷，由朝廷统一铸钱。"

汉武帝就把铸新币的工作交给桑弘羊。桑弘羊与铸工商量以后，在铜中又加入了一点锡和铅，铸出来的钱呈淡红色，非常光洁润泽。每枚铜钱的外框粗细相同，重量一致。新钱每枚重为五铢，钱币上又有"五铢"字样，所以就叫"五铢钱"。

五铢钱铸造起来比原来的纯铜钱难，而且朝廷又明令禁止私铸，规定谁再私铸就杀头，所以，再也没有人敢私铸新币了。

新币流通以后，人们买卖东西使用同样的钱。钱币的发行数量由国家统一控制，所以物价稳定下来，国家的财政收入也随之增加，人们使用时也方便多了。

桑弘羊的这次货币改革，是我国货币史上的一件大事。五铢钱的制度一直沿用到唐朝，成为我国历史上数量最多，流通时间最长的一种钱币。

盐铁专卖，为国敛财

桑弘羊在改革了货币以后，为了筹措军费，支援抗击匈奴的战争，抑制那些剥削、兼并农民的富商大贾，打击汉初以来在自由放任情况下畸形发展的富商大贾的经济势力，决定把当时最能赚钱的盐业和铁业收归朝廷管理。

西汉初期，实行无为而治的政策，经济上采取自由放任的态度，盐、铁、铸钱三项最得利的事业都落在私人手中。一些地方上有势力的人和大商人靠煮盐、晒盐、冶铁、铸钱，都发了大财。他们手里掌握着成千上万的钱，朝廷却穷得可怜。

有一年夏天，山东闹水灾。灾区房倒屋塌，饿殍遍地。汉武帝想发放钱粮赈济灾民，却拿不出钱，只得向洛阳的富商借钱赈灾。

桑弘羊和几个管理财务的大臣都觉得非常内疚，认为再这样下去不仅有损朝廷的威严，而且将使朝廷受制于豪商巨贾。如何才能改变这种状况呢？

桑弘羊等人经过反复计议，向汉武帝提出了两个方

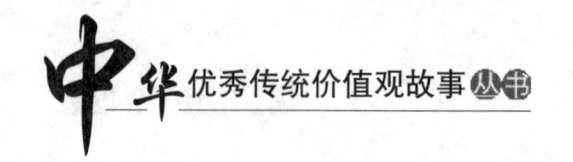

案。一个是由御史大夫张汤设计，制定算缗（向商人征收很重的财产税）、告缗（举报逃税者）和改革币制等法令；一个是由桑弘羊提出的"笼盐铁"，推行盐铁专卖政策。

汉武帝为了增加朝廷的财政收入，立即实施了这两个方案，并任命桑弘羊直接管理盐铁的事。

从此，盐铁专卖就成为西汉政府的基本国策。桑弘羊首先奏请汉武帝在产盐、产铁的地方设立盐官、铁官。他们负责把生产的盐、铁分配到各地区，把赚得的钱上交朝廷。

桑弘羊还对盐、铁的生产也进行了改革，规模比过去大，产量比过去高，国家的财政收入明显增加。国库充实，汉武帝也不再为赈济灾民、治理黄河、筹措军饷等事发愁了。

汉武帝死后，反对盐铁专卖政策的人就把桑弘羊当作靶子，非要和他辩论不可。有一年，朝廷开了一个会，说的主要是有关盐、铁的事，所以就叫"盐铁会议"。

那天，桑弘羊和参加会议的六十多位贤士刚刚坐好，就有一个人首先发难，站起来指责桑弘羊说："自古以来都是以农桑为立国之本，国家应当鼓励农民从事农业生产，而不应当放弃农业，从事工商业活动。何况像那些卖盐、铸铁、酿酒、卖酒的，都是些不务正业的人，他们心眼活，会骗人，才赚了大钱。如今朝廷也管卖盐、铸铁、卖酒这种事，不是太不像话了吗？"

已经七十多岁的桑弘羊，气得胡子都翘了起来，他没等那个人坐下就站起来大声说："农桑为立国之本，这是不错。可是工商业也很重要。农民需要的东西，要通过商品交换才能买到，要经过工匠制作才能使用。不然，连农具、种子都没有，还怎么种地呢？朝廷经营盐、铁、酒各业，实行均输，就是为了打通全国的关节，更好地治本。你们都是贤良之士，读过很多书，难道没看过管仲写的书吗？他就是这么说的。"

会场静了一阵，又一个人站起来说："你说的虽然不错，工商是有工商的用处。可是那些盐、铁、酒之类的事，让那些盐商、铁商、酒商们去管就行了，朝廷何必要插手跟老百姓抢那点钱呢？"

桑弘羊听了，微笑着说："朝廷抗击匈奴，巩固边防，救济灾民都需要很多钱，如果不搞这些盈利的官营事业，增加政府的收入，就要增加农民的赋税，反而更要加重农民的负担。况且这些事业国家不经营，就会被豪强大贾把持，这对百姓更不利。盐、铁、酒由国家专营，虽然少数大商人赚钱少了，但是富了国家，对百姓也没有什么害处，怎么能说是跟百姓抢钱呢？"

桑弘羊与反对盐、铁、酒专卖的代表人物进行了长时间的辩论。他根据事实和法家的治国理论，对现行的政策做了有力的答辩。从抑制兼并，防止割据，抵御匈奴侵扰，巩固国家统一，加强中央集权制的经济基础等

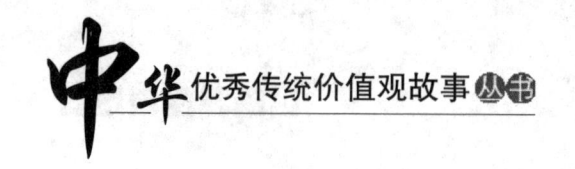

各方面来说明实行盐、铁、酒等专卖政策的理由，最终取得了理论上的胜利，使盐、铁、酒的专卖政策得以延续下来。

中国古代著名的史学家司马迁在《史记》中称赞桑弘羊是一位能够做到使"民不益赋而天下饶"的大理财家。

◆ 桑弘羊忠心耿耿，聚敛资财以增强国力的故事，告诉我们也要向他学习这种克服一切困难为国奉献的精神。

6. 以德治渤海的龚遂

龚遂，字少卿，以明经为昌邑王郎中令。是西汉时一个博学多才、忧国忧民的地方官。

汉宣帝时，渤海一带发生严重的旱灾，地里的庄稼都被晒成干草，粮食颗粒无收。当地官吏不但不想办法赈济农民，反而趁机敲诈勒索，巧取豪夺农民的土地，逼得农民走投无路，纷纷揭竿而起，占山为王，搞得渤海地区乱成一团。

朝廷接连派了几任郡守，不是被乱民所杀，就是吓得弃职而逃，谁都无法使渤海恢复安宁。面对这种局面，汉宣帝十分焦急，急于物色一个能够治理渤海的人。

汉宣帝早就听说龚遂是一个有才能、有胆识的忠臣良吏，经丞相和御史竭力举荐，决定召见他，看看是否名实相符，委以重任。

召见时，汉宣帝见龚遂是一个须发皆白，五短身材，相貌平凡的古稀老人，与传言中那个坚毅刚硬，勇于直谏的铮铮铁汉形象毫无共同之处，心里不免有些失望。当汉宣帝向龚遂询问治理渤海的方法时，龚遂的远

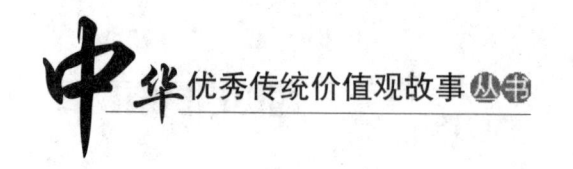

见卓识，令汉宣帝击案惊叹，深深折服。

龚遂认为，渤海之乱，根在治理不善，官吏贪赃枉法，百姓饥寒交迫，走投无路，群起反抗，乃是迫于无奈。他忧心忡忡地向宣帝问道："陛下让老臣去渤海，是要用武力镇压那些作乱的百姓，还是让臣以德感化、安抚他们，使他们安居乐业呢？"

汉宣帝看了周围的文武百官一眼，回答说：

"朕所以不派武将，而派你这样的老臣，就是想要恢复渤海的秩序，使百姓得到安宁幸福。"

龚遂见汉宣帝并无镇压渤海作乱百姓的打算，心里很高兴，就进一步请求说："臣听说，治乱世如理乱麻，要循序渐进才能取得实效。臣希望陛下不要以各种法规来束缚臣的行动，给臣以随机应变、灵活处置渤海各项事务的权力。这样，臣一定能恢复渤海的秩序，治理好渤海。"

汉宣帝答应了龚遂的要求，并赐给黄金，增派随员、车辆，供龚遂使用。

龚遂到渤海上任以后，马上传令各府县：立即停止捕盗捉贼的行动，派出的军队一律撤回。从即日起，凡是手握锄头、镰刀等农具在田里干活的人，无论过去干过什么，官府不再追究，一律视为平民百姓；凡手持兵器，经过规劝仍不归农的人，马上拘捕，依法治罪。命令一下，那些被迫铤而走险、聚众抢掠的人，纷纷放下兵器，重新务农。接着，龚遂又开仓放粮，赈济灾民；

查处贪官污吏，整顿官吏队伍，使百姓有饭吃，有田种，能够过上安定的生活。

渤海的局势安定下来以后，龚遂见渤海由于灾害、战乱的影响，府库空虚，百姓贫困，虽然街道两旁的店铺生意萧条、冷落，但是却有很多人游手好闲，不事生产，专在城里占卜、算命、杂耍、卖艺，乃至偷盗、乞食。面对这种情况，龚遂清醒地认识到，平息盗匪作乱容易，要真正地改变渤海的面貌，使百姓过上安宁富足的日子，还要做很多工作才行。

后来龚遂经过细致的考察、研究，制定并实行了改革风俗、劝农耕桑的计划。年过七十的龚遂不仅亲自下乡劝喻百姓从事农业生产，而且还以身作则，亲自带领郡府官吏到郊外开荒种地。在老郡守的带动和感召下，全郡上下一齐努力，荒芜的土地长出了庄稼，百姓也逐渐富裕起来，全郡出现了一片欣欣向荣的大治景象。

◆ 这则故事告诉我们做人要刚直不阿，为官要关心民众的疾苦和国家的兴亡，为国家安定、人民乐业做出自己的贡献，这样才能受到人民的敬重。

7. 重农移俗的召信臣

召信臣，字翁卿，汉元帝的时候，任南阳太守，召信臣重农移俗，造福百姓，被南阳人民称为"召父"，立祠纪念。

下面记叙的就是召信臣在南阳时的两件小事。

兴修水利，发展农业生产

南阳地处熊耳山的南麓，坡陡地贫，十年九旱。虽然南有白河流过，但是因为田高水低，难以引入田中灌溉庄稼，所以，干旱严重地影响了当地的农业生产。

召信臣到南阳任太守以后，十分重视农业生产。一天，他到农村实地考察庄稼的生长情况。当他来到熊耳山下，见田地里禾苗枯萎，泥土干成一道道裂缝。很多农户，全家出动，端着脸盆，挑着水桶到南面的白河或山泉打水浇地。尽管人们累得筋疲力尽，可是庄稼并不见起色，眼看就要绝收。有些人家已经打点行李，准备外出逃荒了。见此情景，召信臣非常着急。他想，农民靠庄稼过日子，朝廷靠农民交粮，现在没有粮食，怎能国富民安呢？

于是，召信臣开始调查水源，了解水流的走势和地形、地貌，组织善于治水的人跟他一起筹划，准备兴修南阳的水利灌溉设施。

秋收过后，召信臣马上动员全郡官民一起开始兴修水利。他深入现场，按照预先设计的方案，亲自指挥开渠引水，修建闸门。其中的钳卢坡水闸，直至现在，仍被南阳人民引以为骄傲。

南阳官民经过一秋一冬的努力，终于完成了南阳水利设施的全面建设。第二年，当小麦反浆时，就喝上了通过灌溉沟渠流出来的清水。这时，南阳的百姓都从心底感谢这位为民着想的好太守。

水渠修好后，有三万多顷农田得到了灌溉，粮食产量也有了大幅度的增长，百姓的生活比较富足，再也不用外出逃荒了。

但是，不久又出现了新的问题。每当遇到大旱之年，沟渠水量减少，就有部分距离水源较远的地方，得不到渠水灌溉。人们为了争水往往发生械斗，有时甚至伤人致死。

针对这种情况，召信臣又订立了一项灌溉用水的制度，叫《均水法》，把它刻在一块石碑上，立在干渠的第一座提水闸门前。按照《均水法》的规定，任何人不准私自抢水浇地，必须按《均水法》规定的次序，按土地的多少合理地安排渠水。法令颁布以后，即使在特大干

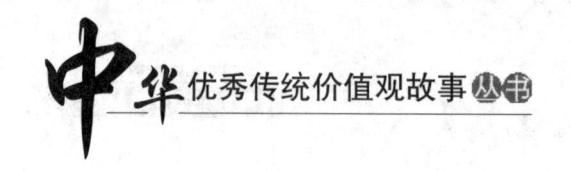

旱之年，百姓也能按规定得到一定量的渠水浇灌庄稼。从那以后，南阳再也没有人因争水而殴斗打架了。

召信臣在南阳兴修水利，不仅使南阳的农业生产得到了恢复和发展，国家赋税有了保障，而且造福百姓，使南阳百姓迅速摆脱贫困，过上了安居乐业的生活。召信臣也被南阳百姓尊敬地称为"召父"。

革陋习杀邪风，整顿治安

西汉时，南阳郡和其他地方一样，陈风陋习盛行，尤其是红白喜事大操大办，费用极高，绝非寻常百姓所能承担得了。但是，儿女大了又不能不婚嫁；人死了也不能不埋葬，所以，一般百姓只有倾其所有，或借钱操办，很多人家都因此而负债累累，甚至家破人亡。

召信臣身为地方官，见此情况，深为忧虑。但因大操大办乃多年陈规，民间百姓已经习以为常，谁也没有勇气去革除它。

有一天，召信臣正在下面巡察。突然，从对面跑来一个人，跪在他面前连声叫喊："太守老爷，快救人，快救人啊！"召信臣连忙问道："出了什么事？"

那人边哭边说："一伙官宦子弟冲散了我们娶亲的队伍，还动手打人。太守老爷，您快去吧，迟了就要出人命了！"

召信臣赶紧带人赶到出事地点。经过查问才知道，原来一伙官宦子弟正在围场打猎，遇到娶亲队伍吹吹打打的从山边路上经过,便蛮不讲理地指责娶亲队伍冲散了野兽,索要獐、鹿、黄金作为赔偿。娶亲人不答应,双方争吵起来,官宦子弟仗着财势就首先动手打人。

召信臣了解清楚以后,非常气愤,首先把官宦子弟训斥了一顿,命人押回郡衙候审,然后派人帮助娶亲人整理鼓乐仪仗,让他们尽快赶路,回家拜堂成亲。

召信臣站在路边,看到这个娶亲队伍相当庞大,前面是鼓乐仪仗,接着是十几辆装饰豪华艳丽的彩车,再后面是抬着嫁妆、礼品的长长的送亲队伍。他忍不住问路边一位看热闹的老农说:"娶亲都是这样的排场吗?"老人叹息道:"哎,这是祖辈传下的老规矩了。这还是一般的呢,讲究排场的,往往出动上百辆车,好几百人。一次婚丧办下来,富裕人家闹穷了,穷人就只有逃荒了。"召信臣又问:"这种规矩难道就不能改一改吗?"老人说:"官府不出面,难哪!"

召信臣回到郡衙,首先审理了那些官宦子弟,并对南阳的豪强势力,根据不同的情况加以处置,使他们再也不敢寻衅生事、欺压百姓。然后,针对南阳婚丧大操大办的陈规陋习,制定了一个《禁止婚娶送终奢靡令》。令中规定了不同等级官员婚丧允许动用的车辆数目,并规定农家婚丧不准用车,只准乘驴骡。违者,依法定罪论处。

此令一下,百姓不用再囿于陈规,大肆铺张,南阳郡内也看不到长长的婚丧队伍了。

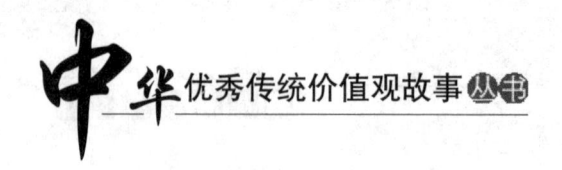

南阳风气的转变和治安秩序的整顿，使南阳百姓得到了一个安定祥和的社会环境。召信臣也因此受到南阳百姓的敬仰和爱戴。

◆ 元始四年（公元4年）汉平帝诏令各地推举为民谋利的已故官员士绅，以行祭祀，九江郡推选了召信臣。《汉书》中，两次将召信臣列为西汉"治民"的名臣之一，可见在当时召信臣也已声名卓著。清代齐召南评述说：召信臣对南阳的贡献足以和李冰对四川（修都江堰）、史起对邺县（引漳灌溉）的贡献相媲美。这则故事告诉我们一心为别人着想的人终将受到大家的爱戴和尊敬。

8. 治国有方的光武帝

东汉光武帝刘秀，字文叔，以恢复汉家制度为号召，联合贵族势力，击败铜马、招降赤眉等起义军，建立东汉王朝，开创了一个在历史上被称作"光武中兴"的时代，真正实现了他青年时期立下的"复高祖之业"的政治抱负。

东汉光武帝刘秀即位以后知人善用，从谏如流，以柔术治天下，使全国出现了稳定发展的大好局面。

知人善用，用人不疑

东汉建立以后，全国各地还没有平定，各地豪强势力割据一方，称王称霸，跟光武帝对着干。当时，东方的刘永、北方的彭宠、西北的卢方、西方的隗嚣、西南的公孙述等人势力都很大，严重地威胁着东汉王朝的统治。光武帝要想解除威胁，统一全国，的确还有很多硬仗要打，还需要很多智勇双全、勇敢善战的将领。

有一天，占据西方的隗嚣派部将马援到公孙述和刘秀两处实地考察他们的实力和为人。在一间普通的殿房

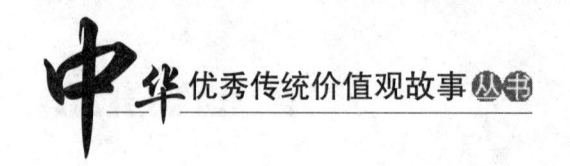

里，光武帝没戴皇冠，只扎着一块头巾，穿着便衣，接见马援。当马援走进殿房时，光武帝就笑着说："久闻你的大名，今日一见，真让人高兴啊！"

马援见光武帝平易近人，一点不摆皇帝架子，也就直率地说："如今世道太乱，一会儿这个称帝，一会儿那个为王，究竟哪一个是贤君，我们也得好好看看。不仅当皇帝的要挑选才德之士为臣，臣子也要挑选一个好皇帝辅佐呢！"

马援一边说，一边四下张望，见皇宫里十分清静，只有几个端茶送水的侍从来回走动着，就半开玩笑半认真地对光武帝说："我与公孙述是同乡，从小就处得很好，可我入蜀看他，他也要在阶前、殿上列满持戟的武士，然后才能宣我进见。现在，我远道而来，您身为皇帝，身边连个卫士都没有，您就不怕我是来行刺的吗？"

光武帝听了哈哈大笑，说："我知道你是个光明正大的人，绝不会干那种偷偷摸摸的事！"

两人坦率地交谈了几天。马援见光武帝心胸豁达，待人坦诚，不禁暗暗佩服。

回到陇右以后，马援尽力劝说隗嚣归附了光武帝刘秀。

马援归顺东汉以后，光武帝并不因其为隗嚣部将而存有戒心，反而毫不犹豫地让他当了将军，交给他行军用兵的自主权。马援非常感谢光武帝对自己的信任，他不辞辛苦立了很多战功，为东汉王朝的巩固和发展做出了巨大的贡献。

杀贪官，严肃法纪

建武十二年（36年），光武帝平定全国以后，看到百姓经过连年战乱，生活很苦，谁也不想再打仗了，所以，他就像汉文帝那样采取了一些减轻人民负担、释放奴婢、发展生产的措施，使百姓得到休养生息。

光武帝在鼓励生产时，发现农村土地兼并现象非常严重。豪强地主霸占了大部分土地，农民没有地种，沦为奴婢，或沦落他乡。建武十五年（39年），光武帝诏令全国各州郡检查核实土地和人口，让多占土地的人把土地退出来，交给无田或田地不足的农民耕种。为了慎重，他还要求各地把清查的结果上报朝廷，由他亲自审阅。

有一天，光武帝正在翻阅一份报告，发现里面夹着一张纸条，上面写着："颍川、弘农可查，河南、南阳不可查。"光武帝觉得很奇怪，就问管文书的官员。那个官员说："这个纸条不知什么时候谁夹进去的，我也看不懂。"光武帝听了很生气，刚要训斥几句。这时站在光武帝身后的儿子刘庄插话，说："河南（现在河南省洛阳一带）就在都城附近，住着朝中的大臣及亲属。南阳是您的家乡，住着皇亲国戚。他们占地很多，不合规定，但是，他们有财有势，无人敢查，所以纸条上说河南、南阳不可查。"

光武帝听儿子说完，又追问那个管文书的官员。那人只得承认纸条是他写的，夹在报告里，意在提醒光武帝注意。光武帝表扬奖励了管文书的人，然后下令彻底清查所有的人，不论平民百姓，还是皇室贵胄，一个也不许例外。不久，果然查到大臣欧阳歙霸占了很多土地，还贪污了很多钱。光武帝见了报告，非常生气，立即把欧阳歙关进监狱。欧阳歙的门生、故旧几千人守候在宫门前，请求光武帝宽赦他。还有一个年轻门生泣血上书，甘愿替死。光武帝仍不宽宥，坚持绳之以法，处死了欧阳歙。

其他人见光武帝执法严明，不徇私情，就再也不敢知法犯法，以身试法了。

◆ 东汉尚气节，崇廉耻，风俗称最美，为儒学最盛时代，都归功于光武帝治国有方，值得我们后人学习。

9. 治郡有方的杜诗

东汉光武帝时，南阳有一位勤政爱民、治郡有方的太守，不仅受到光武帝的赏识，而且得到百姓敬仰和爱戴，被百姓誉为"杜母"，他的名字叫杜诗。

惩不法，杀一儆百

杜诗在任南阳太守以前曾担任过侍御史，住在都城洛阳。

那时，洛阳已经是一座繁华的大都市，城里人口密集，华厦比比皆是：客栈、酒楼、绸缎庄、杂货铺一家挨着一家。百姓经过多年战乱，总算松了一口气。

没想到，居住在洛阳城里的富豪权贵和皇亲、国戚中，有些人依仗官亲财势，横行不法，作恶多端。负责地方治安的官吏，害怕丢官惹祸，谁也不敢出面制止。结果，这些人越闹越凶。其中有个名叫肖广的将军，他自恃立有战功，又身怀武艺，更加有恃无恐。他不仅自己违纪犯法，而且放纵手下士兵在百姓中胡作非为，弄得洛阳百姓鸡犬不宁。百姓素知杜诗为政清廉，不畏权贵，纷纷向他反映这一情况，请他为洛阳百姓出气，严惩肖广等人的不法行为。

杜诗把肖广叫到府上，历数他的所作所为，向他提出警告说："功不可恃，法不可没。王子犯法尚且与民同罪。你如果再违反法纪，纵容部下侵扰民宅，鱼肉百姓，一定绳之以法，决不宽宥。"

肖广自恃功高，根本没把杜诗放在眼里，不仅对杜诗的警告置若罔闻，反而更加肆无忌惮地行凶作恶。

一天，杜诗带领手下人役在洛阳城中巡察，正遇到肖广指使一伙士兵围在一家布店门前殴打店主，武力勒索财物。旁观百姓纷纷议论，义愤填膺。

杜诗了解情况以后，不由得大怒。为了严正法纪，平息民愤，他果断命令手下人役杀死肖广，逮捕了全部肇事士兵。然后把肖广等人的罪行和处理结果上报给光武帝。

光武帝见他严于法治，刚正不阿，深得百姓好评，对他十分信任，就把他派到最难治理的南阳。

南阳是东汉光武帝刘秀的故乡，豪强中有很多人都是皇亲国戚。他们依仗皇亲的身份，横行乡里无人敢管。杜诗上任之后，首先依法严惩了一些作恶多端的豪强，使南阳的治安得到改善。然后他亲自率领当地农民大搞水利建设，整治土地，开垦荒地，发展农业生产，使百姓过上了安宁富裕的日子。

造"水排"，发展冶铁业

南阳自古以来，就是中原联系西南各地的交通要道，经济比较发达。周围山区又蕴藏着丰富的煤、铁资源，从战国时开始，就成为全国重要的冶炼基地。

杜诗任南阳太守以后，非常重视当地的冶炼生产情况。

一天，杜诗又到冶炼工场去视察，见工匠小乙等人站在烈火熊熊的炼铁炉旁，吃力地拉着风箱拉杆鼓风。随着拉杆的一推一拉，他们的汗水很快就浸透了粗布衣衫，推拉的速度逐渐地慢了下来，炉中的火也开始变小。领头的工匠见火势变小，大声地吆喝起来。小乙等人只得振作起精神再奋力地推动拉杆，累得汗流浃背、气喘吁吁，火势仍达不到冶铁的需要。

杜诗站在炉旁，一边观察，一边琢磨：人力是有限的，应该找到一种能够代替人力推动拉杆鼓风的方法，那么不仅可以节省人力，而且鼓风速度均匀，可以保证火力，提高冶铁的速度和质量，使铁器的生产更方便，更普遍一些。于是，他找来一些工匠，把自己的想法讲了一遍，请大家一起出主意，想办法。

有个工匠说："牲畜比人有力量，可以用畜力代替人鼓风。"

另一个工匠否定说："炼铁炉旁热度高，火光亮，再加上锻铁时叮叮当当的敲击声音那么大，万一牲畜惊了怎么办？"

众人七嘴八舌，出了不少主意，杜诗都认真地把工匠们的建议记录下来。

回到郡府以后，杜诗认真分析工匠们提出的方法。最后，他认为用水力来代替人力，这个方法最切实可行。

他集中了一些有经验的铁匠、皮匠、木匠，按照他的想法，制出了一种新的鼓风工具——"水排"。"水排"以水作为动力，带动机械转动，使皮制的鼓风囊一张一合，反复无穷，可以不断地把空气送入炼铁炉内。

杜诗经过实验，觉得"水排炼铁"不仅节省人力，提高了炼铁效率，而且使用起来也很方便。于是就在南阳推广开来。不久，全国其他的冶铁工场也都开始使用"水排冶铁法"炼铁了。

南阳的冶铁业，经过杜诗的改革以后，迅速发展起来，为农业生产提供了大量的铁制农具，促使南阳的农业也有了很大的发展，百姓的生活富裕了，都很感谢勤于政务、爱恤百姓的"父母官"杜诗。

◆ 史载杜诗："修治陂池，广拓土田，郡内比室殷足。"鉴于杜诗的功绩，南阳老百姓把他比之召信臣，说："前有召父，后有杜母。"

10. 乱世兴邦安国的王猛

王猛，字景略。前秦丞相、大将军，著名政治家、军事家。晋升平元年（357年），以卖畚箕为业，靠自学成才的王猛经前秦尚书吕婆楼力荐，被大秦天王苻坚任命为中书侍郎，掌管前秦的军国机密，参与朝政。从此以后，王猛得以在十六国纷争，南北对峙的乱世，兴邦治国，大展宏图，成为历史上的一代名臣。

抑制权贵，强化法制

王猛辅政以后，做的第一件事就是抑制豪强，强化法制。

当时前秦朝廷内外有一大批氐族显贵，他们仗恃与皇室同族，曾经"有功于本朝"，因此横行不法，恣意妄为，老百姓深受其害，叫苦连天。

王猛兼任京兆尹时，苻坚母亲的弟弟强德，借强太后的势力，在长安城里胡作非为，有恃无恐。一天，王猛乘车在长安城里巡逻，正巧遇到强德喝得醉醺醺地，指使家丁抢夺民女。王猛大怒，命令将强德立即逮捕。

有人劝说："他是太后的弟弟，是不是应该先请示一下秦王。"

王猛说："我是京兆尹，有责任维持长安的治安。有人在长安犯法，我就有权逮捕！"

强德仗着强太后的势力，根本没把王猛放在眼里。他人虽被抓，并不害怕，反倒威胁王猛说："你一个小小的京兆尹，还想在太岁头上动土，小心丢了你的脑袋吧！"

王猛见强德毫无悔悟之心，反存报复之意，就当众历数强德的所有罪状，下令就地处决，同时向苻坚报告。

苻坚闻信儿，考虑到母亲，赶紧派人快马赶赴刑场，赦免强德的死罪。等到使者赶到刑场，强德已被斩首。

王猛趁热打铁，与御史中丞邓羌一起，在数十天之内，除掉了害民乱政的二十多个权豪、贵戚，使长安百姓人人拍手称快。其他不法豪强，见强德这样的皇亲贵戚尚且伏法，个个吓得胆战心惊，再也不敢胡作非为，违法乱纪了。

王猛抑制豪强，惩办贪官恶吏，扭转社会风气，使长安出现了路不拾遗、夜不闭户的良好社会秩序，也使百姓相对地可以安居乐业了。苻坚看到这种情形，高兴地说："我今天才知道治理天下要有法呀！"

减赋兴农，奖励农桑

"八王之乱"继之十六国纷争，使百姓处于连年战争之中，前秦的农业生产受到了严重的破坏。王猛在抑制豪强，使社会恢复安定以后，马上着手恢复和发展农业生产。

他奏请苻坚注意节约开支，降低官吏俸禄，减免农民的部分租税，以减轻百姓的负担，使久经战乱的百姓得到休养生息的机会。

他还请求苻坚颁布了开放山林荒地供百姓开垦的政策，以刺激百姓从事农业生产的积极性。为促进农业生产的发展，王猛还经常派人巡察各地农业生产情况，推广先进的农业生产技术，大张旗鼓地奖励努力种田、养桑的农民和桑农。使他们既得到荣誉，又得到经济上的实惠。

东晋太元元年（376年），前秦政府为了彻底解决关中少雨易旱的问题，下令征发王侯以下豪门贵族家中的僮仆三万人到泾水上游，凿山筑堤，疏通河道、沟渠，以灌溉梯田及盐碱地。这次大规模的水利建设使关中许多经常遭受旱灾的土地得到了灌溉，荒芜多年的田地重新长出了五谷，农民的生活也比过去富足了。

但是，由于连年的战争和大批流民、徙民流落关外而造成的农业生产劳动力不足，社会秩序不稳定等问题仍然十分严重。王猛又专门派人到关外，召回流民和徙民，把他们安排在地多人少的地区从事农业生产。

经过王猛几年的努力，前秦发生了很大的变化。据史书记载，当时秦境安定清平，百姓富足，"自长安至诸州，皆夹路槐柳，二十里一亭，四十里一驿，旅行者取给于途，工商贾贩于道"，"兵强国富，垂及升平"，成为当时北方最强大的国家。

◆ 在此前后，中国北方开始陷入十六国纷争的泥淖，而南方立足未稳的东晋政权也处于风雨飘摇的险境。就是在这幅杂乱无章、硝烟弥漫的历史画面上，出现了两个名臣贤相的身影。"关中良相惟王猛，天下苍生望谢安。"两人分别留下了各自的精彩。曾经被苻坚等时人誉为诸葛亮式的人物，也是后世公认的杰出的政治家、军事家。

11. 开创"元嘉治世"的宋文帝

宋文帝刘义隆，中国南北朝时期宋朝的第三位皇帝。小字车儿，宋武帝刘裕第三子，424年即位，在位30年，年号"元嘉"，谥号"文皇帝"，庙号"太祖"。

420年，东晋大将刘裕夺取皇位，建立刘宋王朝，与北魏形成对峙局面，开始了南北朝时期。刘裕死后，他的长子刘义符继位，刘义符治国无方被大臣徐羡之等人杀掉。徐羡之与傅亮拥立刘义符之弟刘义隆登基，这就是宋文帝。

宋文帝刘义隆是一位很有作为的皇帝，他登基那年只有十八岁，但却颇懂治国之道。为了摆脱徐羡之、傅亮的控制，他首先找借口将二人撤职，不久又把他们杀掉。

宋文帝认为，国家要稳定，关键问题是让农民有地种、有饭吃，百姓丰衣足食后，自然不会起来造反。当时农民的生活很贫困，连种子都买不起，无法进行生产。宋文帝便宣布，农民欠政府的租税一律减去一半，待到秋收后再交。秋收之后，宋文帝见农民交完欠租后，来年播种还很困难，又宣布将农民所欠租税全部免除。听到减免租税的命令，农民们喜出望外，生产积极性大大提高了。

为了尽快恢复战乱中破坏的农业生产，宋文帝下令给全国官吏，让他们带领当地农民搞好耕种。农民缺少种子，政府就借给他们，避免因此而耽误农时，影响生产。如果哪里的生产没有搞好，就将对哪里的官吏进行惩治。为了推动农业生产，宋文帝亲自到京郊参加耕种劳动，给大臣们做出表率。这样，全国上下都努力从事生产，经济状况逐渐好转。

宋文帝对自然灾害十分关注，发生灾荒，及时救济。有一次，江南发生了旱灾，无法种植水稻，宋文帝便下令改种耐旱的麦子。又如，丹阳、淮南、吴兴、义兴一带有一年闹水灾，洪水淹没了田地，农民颗粒无收，连饭都吃不上。宋文帝听说后，下令从政府粮仓里调拨大量粮食运到灾区，救济受灾的农民。当时，许多大地主经常利用灾荒来吞并农民的土地，甚至把农民变成自己庄园里的农奴。宋文帝针对这一状况，经常下令清查户口，把农民和他们的土地登记在政府户籍册上，防止大地主对土地的兼并。他还规定，土地多的要多向政府交纳租税，这样一来，不仅使国家增加了收入，也使租税不至于平均摊给地少的农民，在一定程度上减轻了农民负担。

宋文帝不但自己处处考虑百姓的疾苦，而且要求自己手下的官员们也要做到这一点。他在选拔官员时，常以此为依据。

　　一次，荆州刺史需要换人。荆州是一个政治军事重镇，刘裕在世之时曾规定，荆州刺史只能由皇帝的本家依次轮流担任。如果按照这个规定，应该轮到南谯王刘义宣了，但是宋文帝认为他的能力有限，无法担此重任，便派衡阳王刘义季去任荆州刺史。宋文帝之所以派刘义季去荆州，是因为他曾听说过刘义季停止打猎之事。事情是这样的，刘义季非常喜欢打猎，常在春天骑马追逐野兽飞禽，因此而踏坏田里的幼苗。有一天，刘义季又去打猎，遇到一个年纪很大的农民，农民劝他说："打猎如果成为一种嗜好，不顾节气，这可是自古人们的禁忌。"老农给刘义季讲了夏朝太康因沉溺于打猎，不问国事，最终亡国的故事，并说："现在正值春季，风暖日和，是播种庄稼的大好季节，如果误了播种的时机，田地就会荒芜，百姓便要挨饿，朝廷当然也就无法收到租税了。你不应该只图自己一时之乐，而在这个季节打猎，影响百姓的播种。"刘义季听后，深感老农说得有道理，便愧疚地说："你说得很对。"从此之后，刘义季再没有在春季里打猎。宋文帝听说这件事后，曾深有感触地说："人，谁能没有过错！知过就改的精神是最可贵的。"正是因为这件事，使宋文帝对刘义季产生了信任，并促使他派刘义季去担任荆州刺史。刘义季没有辜负宋文帝，他到荆州后，勤于政务，把荆州治理得井井有条，百姓生活也十分安定。

宋文帝对那些害国害民的贪官污吏坚决严惩，毫不留情。他的堂叔刘遵考是南梁郡太守，当初曾在刘裕手下立过不少战功。有一年南梁郡发生严重旱灾，刘遵考不但没有采取有效措施救济受灾的百姓，反而侵吞了朝廷调拨到南梁的救灾粮。此事被宋文帝得知后，刘遵考被免去官职。

◆ 宋文帝在位三十年，天下太平，人民免去了繁重的徭役和租税，经济稳步发展，全国上下出现了人丁兴旺的繁荣景象。百姓路不拾遗，夜不闭户。宋文帝的年号是"元嘉"，历史上把他在位时的太平景象称为"元嘉治世"。

12. 倡行"三长制"的李冲

李冲，原名思冲，字思顺，是十六国时期西凉主李暠的曾孙。北魏孝文帝时，任内秘书令、南部给事中。

❦

太和九年（485年），北魏颁布均田制以后，李冲提出实行"三长制"的建议，以配合均田制的推行。

魏晋十六国时，由于战争频繁，百姓涂炭，各宗主族长都以保全乡里为名，荫庇大量部属和本族成员。有时，一宗将近万户，炊烟相接，屋舍鳞次栉比，最小的一宗也有三五十户。所以宗主族长在地方上都享有很多特权，有相当大的势力。

荫附于宗主的农户，只向宗主交纳钱粮，他们既不需要向国家交纳赋税，也不承担徭役。从而使政府的赋税收入大为减少，不足以维持国家的费用和军队的开支。

针对这个严重的问题，李冲提出了关于废除宗主督护制，实行三长制的改革措施。

"三长制"规定，在农村基层以五家为一邻，五邻为一里，五里为一党。各置邻、里、党三长，代替原来的宗主督护。三长享有一定的免役优待，干得好三年之后

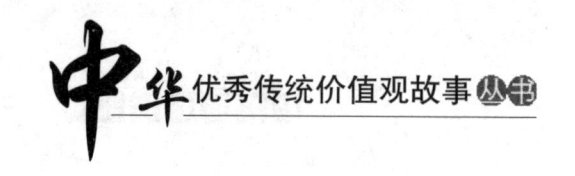

可以提升。三长负责检查户口，催交赋税，防止豪强隐占人口，以及劝课农桑、推行均田等工作。

李冲的建议提出以后，因为直接触犯了宗主豪富们的切身利益，所以受到中书令郑羲、秘书令高祐等人的激烈反对。

他们指责说："李冲的建议，听起来好像很有道理，实际上根本行不通。"郑羲甚至用威胁的口吻对魏孝文帝说："不相信我所说的话，那你们就实行吧。等到失败以后，就会知道我说的是对的了。"

朝中也有人支持李冲的改革。大臣元丕对孝文帝说："我认为'三长制'如果能够实行，无论是对朝廷还是对百姓都有好处。"

经过一段时间的激烈争论，虽然有很多人已经接受了这项改革措施，但是他们认为目前百姓忙于生产，重新登记划分邻、里、党，必然引起百姓怨怒，最好是等到冬天闲暇时再派人实行"三长制"。

李冲不同意，提出反驳说："如果不趁现在就实行，百姓哪能知道实行'三长制'会给他们带来少交钱粮赋役的好处呢？百姓了解'三长制'的内容，并从中得到好处，要实行'三长制'，那真是轻而易举的事了。"

这时，著作郎傅思益又站出来反对说："各地民俗不同，宗主督护制又已实行了那么久，现在一旦改变，恐怕会发生内乱。"

为了实行"三长制"的时间问题，朝中大臣众说纷纭，议论不休。孝文帝的祖母文明太后见久议不决，便亲自站出来说："实行'三长制'，赋税的征收有一定的准数。荫附户可以脱离宗主督护，向朝廷完粮纳赋，利国利民之举，为什么不能立即实行呢？"

文武百官听了文明太后的话，有的人心中虽然还有异议，但太后已经拍板定案，也只好同意了。

于是，魏孝文帝下令发布了推行"三长制"的诏书，遣使到各地协助地方官清查户籍，建立邻、里、党，置三长，定赋。

李冲提出的"三长制"的实施，产生了良好的效果。不仅百姓安宁，而且政府赋税的收入也增加了将近十倍。对北魏的经济发展和政局的稳定都起了积极的作用。

◆ 这则故事告诉我们只要是对的事情就要坚持到底，最终一定会取得成功的道理。

13. 为政一郡造福一方的苏琼

苏琼，字珍之，北齐武强人。初任刑狱参军，累迁清河太守。其郡多盗，苏琼至此后，民吏肃然。在郡六年，深受百姓爱戴。后迁升三公郎中，行徐州事，后为大理卿。

北魏末年，南清河太守是个清正廉明的贤官。郡中有位告老还乡的老官员赵颖，曾任郡守，八十多岁。他为了拉拢太守，五月青黄不接之时，将新收获的一个鲜瓜送到府中。开始太守不收，赵颖倚老苦求，太守只好把瓜留下。待赵老走后，太守将瓜悬在梁上。其他人听说太守收了礼物，都带了新鲜瓜果前来府门。但他们发现赵老送的瓜悬在梁上，只好纷纷退去。这位拒收贿赂的太守就是北魏贤臣苏琼。

苏琼自幼跟随父亲戍守边关，聪慧过人，很有见地。一次，父亲带他拜见刺史曹芝。曹芝问苏琼："你要做官吗？"

苏琼回答说："应该设官求人，不是人求做官。"

曹芝听了很惊异，认为他是个可造之才，便留在府上任参军，协理军政。从此，苏琼走上仕途。由于他办事得力，被并州刺史看中，荐为刑狱参军。他上任后，悉心办案，从不草菅人命。一次，辖境出现了一伙杀人抢劫的强盗，刺史命部下张龙追剿，抓获一群犯罪嫌疑人。犯罪嫌疑人害怕受刑，便全部招认。被劫人家前来认贼，也异口同声说就是他们，但是赃物却查不出来。张龙无计可施，案子无法确定。于是刺史命苏琼再审。苏琼明察暗访，终于查出真盗贼十多人，并起获赃物。事后，刺史对被错认为贼的人们说："要不是我的好参军，你们早就枉死了。"

　　由于苏琼高超的办案能力，他被提升为南清河郡太守。南清河郡原是盗贼猖獗的地方，苏琼到任后，郡内零县发生一起失牛案。民户魏双成的牛被人盗走，失主怀疑是同村的魏子宾偷的，将他绑送衙门。苏琼仔细盘问后，将魏子宾放了。魏双成则大声呼喊："把贼放跑了，我上哪找牛呀？"苏琼并未理睬他，拂袖而去。然后，他派人明察暗访，终于抓住了偷牛者。盗贼们多次犯案都没逃过苏琼的眼睛，总是一一被抓获，甚至外境犯案人路过辖境，也被捉拿归案。从此，盗贼不敢犯境，百姓居住安全，牲畜在栏外也不用归栏。邻郡的富户也将财物寄放南清河郡里，以防盗贼。百姓们都说："我们的财物都让府君存放好了。这样的治安状况，全是苏琼勤于公务，对辖区内的情况十分了解，严格治理出来的。"

北齐年间，豪强士族纷纷兼并土地，贫者不但没有家产，还要承担严重的徭役赋税负担，致使大批农民流离失所。但在苏琼所辖的南清河郡却无此事。苏琼认为做官要为百姓着想。每年，他都将所要征收的赋税徭役明定下来，按规定征收，严禁官吏敲诈勒索，随意加收。

有一年，郡内遭受灾害，洪水淹没了许多村庄，庄稼绝收，许多人无家可归。为了赈济灾民，苏琼决定集中郡中有粮的富户，由自己向他们贷粮。郡里主簿对他说："此事虽好，但上头怪罪下来，你可担当不起，大人三思呀！"苏琼则说："如果我一人获罪而能救活千家，我死而无憾！"于是他一边贷粮救饥，一面写下文书，向上级陈述缘由，结果获准。老百姓们都说："府君是我们的再生父母呀！"

苏琼在南清河郡时，还注意教化人民，提倡节俭和睦。一次，郡内百姓乙普明兄弟闹分居，为了争夺祖产，反目为仇，多年争执不息。苏琼知道后，把两人及证人找来，情深意切地劝导他们说："天下兄弟之情最可贵，为了土地忘却亲情，得了土地都失了亲情，又有什么用呢？"苏琼动之以情，晓之以理，感动得证人落下了眼泪，乙普明两兄弟满面羞愧，叩头在地，表示悔过。从此，两兄弟和好如初。

苏琼对待百姓一视同仁，从不徇私枉法，偏袒富户。南清河郡里有一名叫道研的道人，有巨额资财。他放债谋利，盘剥百姓，经常勾结官府为他追债。苏琼上任后，道研前去求见。苏琼知其来意，便与他大谈道家玄理，使道研无法开口谈及追债之事。道研去了几次都没达到目的，最后一次，道研和弟子一同前去，半天过去，道研才从府中出来，弟子上前讯问结果，道研摇摇头说："我每次见府君，他都和我大谈玄理，将我引入虚无缥缈间，哪还谈得出追债的事呢？"师徒二人回去，知道追债无望，只好将债券烧了。

北齐天保年间，苏琼被提升为大理司直和廷尉，掌管刑狱。他不计个人得失，多次平反冤案，伸张正义，为民造福。苏琼断案，注重侦查，掌握证据，从不冤枉好人。尚书崔昂曾对苏琼说："你要想清楚，总是昭雪反逆，不是拿自己的生命前程开玩笑吗？"

苏琼严肃地说："为官怎能不秉公办事，光考虑个人得失呢？"崔昂听了，十分惭愧。人们都称赞苏琼是个决断无疑的人。

不仅如此，苏琼从不计较个人恩怨。他任南清河郡太守时，他的顶头上司裴献伯为济州刺史，两人治理方法正好相反。苏琼以德养人，裴献伯以严治人。老百姓都说："太守好，刺史恶。"裴献伯听后说："受人夸奖的必不是正直无私的。"后来，苏琼在京都任职时，皇帝命各州举荐贤臣，裴献伯以为苏琼会借机报复，可苏琼却举荐他，请求朝廷任用。可见，苏琼做事不含私心，公事公办。

苏琼为官期间为百姓做了许多好事，老百姓对他十分敬重。当他辞官回家时，下属多向他赠礼，他依旧谢绝，一袭清风离京回家。

◆ 苏琼做事总是晓之以理，动之以情，一视同仁，从不徇私枉法。这是值得我们学习的。

14. 为国献策的苏绰

苏绰是西魏名臣，字令绰，陕西武功人。出身于南北朝时北魏的一个名门望族。他学识渊博，品德高尚，在西魏文帝时曾任行台郎中、大行台左丞、大行台度支尚书、著作郎兼司农卿等职。他在职期间，恪尽职守、廉洁奉公，采取多项政治、经济改革，对于扼制贪污腐化之风，减轻人民负担做出了贡献，很受人民的爱戴。

535年，北魏分裂为东魏和西魏。西魏政权建立后，宰相宇文泰执掌朝政。当时，西魏疆域较小，人口稀少，经济落后。为了增强国力，与东魏抗衡，宇文泰积极争取地方力量的支持，并不拘旧制，选拔大量人才为国家效力。

苏绰是当地汉族名士子弟，也进入西魏政权从政，但是宇文泰并没有重用他，只让他当了一名小官。苏绰平时与大臣周惠达交往甚密，经常在一起议论交谈。

一次，宇文泰向周惠达提出一个复杂的问题，周惠达没有回答上来，便去向苏绰请教。苏绰仔细地想了想，便将答案告诉了他。周惠达听后觉得很有道理，便急忙回去报告宇文泰，并对苏绰大加称赞。宇文泰很高兴，立刻召见苏绰，认为他确有才能，便提升他为著作郎，协助丞相掌管朝中大事。

一天，宇文泰率百官去昆明看捕鱼，路经城西汉代仓池故址。宇文泰问文武百官关于仓池的典故。很多人面面相觑，独有苏绰镇定自若地将仓池的历史渊源讲给宇文泰听，宇文泰听得十分认真，他忘了到昆明捕鱼的事，一路上和苏绰不停地谈论着。回到官邸，苏绰和宇文泰继续长谈，他们谈到古代帝王治国的道理，宇文泰认为苏绰的观点和自己见解一致，便任命苏绰为大行台左丞，参加朝廷政策的制定。

大统十年（544年），苏绰被晋升为大行台度支尚书和司农卿。他主管朝廷财政和农业政策的制定与实施。他向宇文泰提出六条富国强民措施，这就是著名的"六条诏书。"宇文泰完全采纳了"六条诏书"，并下令依此制定国家政策。

第一，苏绰劝诫帝王、官吏要明辨是非，以身作则，教化百姓。他认为官吏要做到"心如清水，形如白玉"，只有保持心静，才能做到不贪污腐化，不会被诱惑，治理好百姓。历代帝王治理好国家，必须善于任用人才，只有能够了解百姓，善于安抚百姓的人才能协助帝王治理好天下。

第二，他认为要采取教化方式治理百姓。苏绰劝诫帝王和官吏不要采取酷刑威慑百姓，应该采取教育措施，使百姓自觉遵守法制。

第三，他劝诫帝王要使百姓安居乐业。他认为人活在世上，衣食是最重要的事。只有让百姓勤于农事，减轻负担，让他们生活安定，衣食不愁，才能使百姓注重礼仪，遵守法律，保持国家政权的稳定。

第四，他劝诫帝王要做到平均赋役。就是让富人和穷人一样平均分摊赋税和徭役。讲求公平合理，才能稳定民心，使贫穷者达到稳定而正常的生活水准。

第五，苏绰认为必须严格执法，保证赏罚分明。只有这样才能止恶劝善，维护政道廉明，保持政权稳定。

第六，苏绰劝诫帝王要任用贤良。认为王朝兴衰在于帝王任用人才的好坏，用贤才则可得天下，用不贤之才则将使天下大乱。

苏绰的政治主张贯彻实施后，对当时各级官吏的腐化状况给以沉重的打击，对减轻人民的负担，维护政权的稳定做出了贡献。宇文泰还将"六条诏书"作为选官、升迁的条件。

苏绰一生清正廉洁，他关注天下兴衰，体恤百姓疾苦，兢兢业业为西魏王朝奉献毕生。苏绰四十九岁就病死了，宇文泰十分痛惜苏绰之死。他遵从苏绰的俭朴风格，只用一辆布车载着苏绰的遗体送回故乡武功。宇文泰亲率文武百官为苏绰送行，并失声痛哭。苏绰的"六

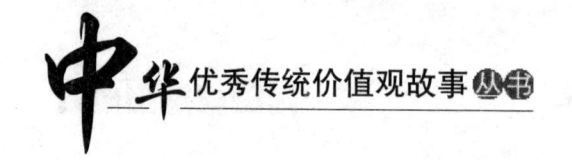

条诏书"一直是西魏的治国准则。

◆ 治身心、敦教化、尽地利、擢贤良、恤狱讼、均赋役是苏绰六条诏书的内容,也是我们后来人值得借鉴的。

15. 清廉为官的孙谦

孙谦是南朝人，出身于中等士族家庭。十七岁的时候，他出任豫州军府的一个小官，初步显示了他明断政事的才干。不久，由于他的父亲去世，孙谦辞官回家守孝，并挑起了全家人生活的重担；在这段时间里，孙谦亲自从事农业生产，懂得了稼穑的艰辛，同社会底层人民和睦相处，培养了与劳动人民之间的感情。这促使他在后来几十年的官宦生涯中，时刻关心人民的生活，为政清廉，留下美誉。

宋孝武帝时，孙谦当过几任小官。宋明帝时，孙谦因清慎强记，才能出众被提升为明威将军、巴东和建平两郡太守。

巴东、建平两郡是蛮族聚居的地方，蛮族人以种植谷物为主要生产活动。他们分为许多部落，大姓部落有上万户，小的仅千户。各部落由蛮族自己管理。南朝时，各代在此均设立了左郡左县，但这里的人民并没有自由，朝廷向这里的人民征收捐税不算，还常常派军队对蛮族进行围剿，把蛮族人俘虏后运到京师等地做奴

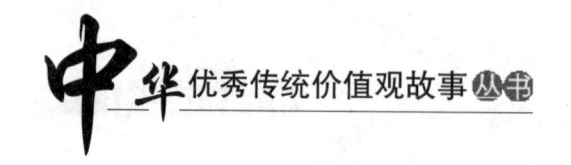

隶。沉重的捐税和残酷的围剿使蛮族人民经常起来反抗，他们依靠这里险要的地势，神出鬼没，刺杀朝廷派来的残暴官吏。针对这种状况，到这里上任的官吏都要授予军衔，并带领大批武装人马。

孙谦上任之前，皇帝下令让他招募一千名武士随行。孙谦不愿这样做，他上书说："蛮族之所以不服朝廷，实在是因为政府派去的官吏对他们的统治过于苛暴。如果我带着大兵去上任，只能增加蛮族人对我的不信任和反感，那不是劳民伤财又增加了国家的负担吗？"于是，孙谦辞退了招募军队的财物费用，轻装赴任去了。

孙谦上任后，所做的第一件事就是把以前抓来准备运到外地做奴隶的人全部放掉，使他们恢复自由，回家团聚，安居乐业。以往郡衙的开支大部分由蛮民负担，官府杂徭、大小官吏的大部分俸禄都由当地百姓来出，孙谦下令把这些全都免除。

孙谦治理蛮郡三年，始终如一，不兴功，不扰民，广施惠政，郡内秩序恢复井然，蛮民的武装也没有了，人民安居乐业。孙谦在蛮民中树立了较高的威信，受到当地百姓的爱戴。郡内百姓纷纷带着金银珠宝送到郡府，孙谦却寸金不收，劝人们拿回去。

由于孙谦治理蛮郡政绩卓著，朝廷把他召回京都任抚军中兵参军。后来升为梁州刺史，又转为越骑校尉、征北司马府主簿。之后又被擢为左军将军。

宋朝灭亡后，齐朝建立，孙谦经历了一番仕途的坎坷，但他始终以恪守清廉，造福于民为原则。

入梁朝后，孙谦出任零陵太守，当时他已经年过八旬，仍强力为政，删繁就简，不轻易惊扰百姓，深得人心。

510年，孙谦被调回朝廷，任光禄大夫，这是地位很高的荣誉职位。梁武帝十分赞赏孙谦的清廉勤政，以盛礼相待。

孙谦的生活十分俭朴。他的居室很简陋，床上铺着苇席，屏风是竹子编的，冬天里盖的是粗布被褥，夏天里不挂华美的帷帐。

孙谦还乐于助人，他的从兄多病，经常寄养在他家，他不管政务多忙，都精心照料，毫不懈怠。对那些贫病无依的流浪者，孙谦总是给以必要的赈济，遇到有死亡的，他便妥为安葬。

516年，为官一生，历任宋、齐、梁三朝，先后治理二县五郡的孙谦离开了人世，享年九十二岁。梁武帝特赐丧葬费用，隆重举哀。

孙谦临终前给儿子留下一封遗书，遗书中这样写道："我年轻的时候便没有追求富贵的意思，因此不求出人头地。后来历仕三代，官成两朝，以我的资历和地位，死后可能要得到朝廷的封赐，这是国家的惯例。等我气绝后，你们应该立即将我幅巾束发，免冠下葬，来保持节俭的风尚。""葬我之时，棺木可以藏身，墓穴足以放灵柩便可以了。送葬时引路的魂幡之类都可以省

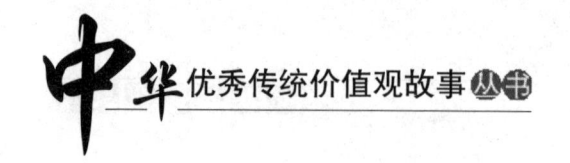

去，用我平时乘坐的车做灵车，把我平时睡觉的床做灵床，装了粗制竹席以备必要的礼节，其他都可以免去。"孙谦的儿子们遵照他的遗嘱，为他举行了俭朴的葬礼，使他保持了最后的清廉气节，留下万代美名。

◆ 清廉节俭是中华民族的传统美德，希望我们一直把它保持和发扬下去。

16. 爱民如子的辛公义

隋文帝开皇九年（589年），辛公义因平陈有功，授任岷州刺史。从此以后，他勤政爱民，竭尽全力治理岷州，使岷州民风大变，"吏民感悦，无复讼者"。

岷州地处陇右，山高谷深，民风淳朴。但是当地有一陋习，相沿已久，已成自然。那就是一人有病，则全家远而避之。即使是父子、夫妻也不能留在病人身边看护、照料，病人因为得不到医治和照顾，大都很快就死去。

辛公义到任之后，看到这一恶习，致使很多可以医疗、救治的病人活活死去，感到非常痛心，决心改变当地畏病这一恶习。

他派遣属下的官吏和差役，分头在岷州各府县巡视，遇到被家人抛弃不顾的病人，就用床舆抬到州衙大厅，请医调治。

这一年夏天，气候闷热，继以连续十几天的暴雨之后，瘟疫流行，每天送到州衙的病人有时多达数百人。州衙的大厅、侧廊都住满了被亲人弃置不顾的病人。

辛公义把公案摆放在一排排、一列列病床、地铺中间，面对病人办理公事，让百姓看到疾病并不可怕，只要积极治疗，精心护理，大多数病人都是可以恢复健康的，而护理的人也不会染病而死。辛公义还拿出他所有的积蓄和俸禄，召请名医，开方、买药，给病人治病，为病人做可口的饭菜。

有的病人，被家人抛弃后，自觉病情严重，了无生趣，拒绝进食，辛公义就耐心开导他们，亲自端着碗，一勺一勺地喂他们吃。

经过一段时间的医治，绝大多数病人都已恢复了健康。辛公义就把病人的家人、亲戚都请到州衙来对他们说："过去，亲人生病你们就弃之不管，使他们得不到很好的医治和护理，所以死了。现在，我把病人都集中到一起，他们和我在一起吃饭，一起生活、工作，如果说传染的话，我们哪能不死呢？现在，他们的病都已经好了，你们就不要再按旧习，抛弃病人，置亲人生死于不顾了。"

病人的家人和亲戚都觉得很惭愧，千恩万谢地叩拜辛公义，领回了自己的家人。

从此以后，岷州百姓家中，再遇有生病的人，都争着到辛公义的州衙中去请教医治的方法，积极医治，再也不畏病弃人了。

岷州这一恶习革除以后，百姓家家亲密和睦，人人互相尊重，互相照顾。大家都很感谢爱民如子、勇于革除陋习的刺史辛公义，把他称为"慈母"。

◆ 勤政爱民是中华民族为官的守则，也是几千年来的传统，是值得我们当代人学习和借鉴的。

17. 兴邦治国的姚崇

姚崇，本名元崇，字元之，避唐玄宗"开元"年号讳，改名姚崇。因先辈世代在陕州为官，遂定居陕州硖石。崇出身于官僚家庭。年轻时喜好逸乐，年长以后，才刻苦读书，大器晚成。历任武则天、唐睿宗、唐玄宗三朝宰相，有"救时宰相"之称，是中国历史上的著名宰相。特别是在玄宗朝早期为相，对"开元之治"贡献尤多，影响极为深远。

姚崇在他辅政的二十年中，清廉为民，勤政除弊，提出了安邦治国的《十事要说》，为开创唐代开元盛世做出了巨大贡献，是唐代著名的贤相之一，下面叙述的就是姚崇为相以后的几个小故事：

破除迷信，姚崇灭蝗

唐玄宗开元三年（715年），山东（指崤山以东，包括今河南、河北、山东等地）一带闹起了严重的蝗灾。铺天盖地的蝗虫眨眼之间就把大片大片的庄稼吃得干干净净。老百姓眼看着辛辛苦苦种植的庄稼被蝗虫吃掉，一年的衣食化为乌有，不禁痛哭流涕，悲不欲生。许多人跪倒在田地里，对着满地的蝗虫烧香叩头，祈求神佛保佑，蝗虫开恩。可是，虫灾却越闹越凶，受害的面积也越来越大。

姚崇在京城闻知蝗虫成灾，立刻派人督促当地官员带领百姓捕杀蝗虫，并且规定捕蝗一斗，奖粮一斗的奖励治蝗办法，帮助百姓渡过难关。

当时，有很多官员看到蝗虫那么多，受灾的面积那么大，都丧失了杀灭蝗虫的信心，抱着得过且过的态度。唐玄宗对于灭蝗这件事也犹豫不决。只有姚崇坚决不动摇，他说："受灾的老百姓，他们的庄稼被蝗虫吃掉了，就没有饭吃，将被迫背井离乡。目前河南、河北一带的老百姓已经有不少到外地逃荒的了。我们现在就开始捕杀蝗虫，即使捕杀不干净，也是杀死一些就减少一些，总比眼看着蝗虫吃禾苗而不管要好得多。"唐玄宗认为姚崇的话很有道理，也支持他组织灭蝗，但是，当时的人都很迷信，汴州的官员提出用修德的方法，祭祷祈求，以德蝗灾。他们还振振有词地说："蝗害乃是天灾，是非人力所能改变的，只有修德，才能消灾。后汉刘聪时，也曾闹过蝗虫，人们捕杀掩埋，蝗虫为害反而更大了。"

姚崇听到这种说法以后，非常气愤，驳斥说："如果单靠修德可以灭蝗，那么，当今开元盛世，明主临朝，根本不应当闹蝗灾，更何况汴州蝗灾严重，难道是你们这些守官无德造成的吗?"

姚崇的一席话,说得汴州的那些官员哑口无言。这才遵照姚崇的布置,积极组织百姓捕杀蝗虫。

当时,京城里还有些官员见杀死了那么多的蝗虫,心中不忍,又提出疑问说:"捕杀了这么多的蝗虫,伤害了这么多的性命,恐怕对国家不利,是不是应该适可而止呢?"

姚崇就引用春秋战国时期,楚国孙叔敖的故事开导他们说:"孙叔敖小时候,在外面玩,碰到一只两头蛇。他立即把蛇打死,埋了起来。回家哭着对母亲说:'人们都说谁看见两头蛇,谁就得死。我刚才看到了两头蛇,我也要死了。'他母亲问:'两头蛇在哪里?'孙叔敖说:'我怕有人再看到,已经把它打死埋到地里去了。'他母亲说:'我听说凡是有德于人的人,天都会赐福给他。你有大德,决不会有事。'后来孙叔敖不仅没死,还做了官。现在,蝗虫吞吃百姓的庄稼,哪能不捕杀蝗虫而让百姓挨饿呢?如果真的因为捕杀蝗虫而有什么灾祸的话,那就处分我吧!"姚崇的话使这些心存疑惑的官员醒悟过来,也都投入到捕杀蝗虫的工作中。

经过朝廷的努力和百姓的全力捕杀,仅汴州(今开封市)一地就捕杀蝗虫十四万石,倾倒到汴渠淹死的蝗虫就更多了。这次清除蝗害后,好多年都没有再出现蝗灾。

姚崇为国为民,排除阻力,破除迷信,坚持灭蝗,使山东地区在连年闹蝗灾的情况下,没有发生大规模的饥荒。被百姓誉为"救时宰相"。

改革吏制,废止"斜封官"

唐中宗当皇帝以后,整天沉湎于享乐奢靡之中,国库越来越空虚。为了弄到更多的钱财享乐,景龙二年(708年)中宗最宠爱的七公主,即安乐公主开始用中宗的墨敕,纳贿卖官。

墨敕,是由安乐公主先准备好敕文,然后,央求中宗签上名,盖上御印而形成的官方正式文书。通过墨敕封官,称为斜封,被封的官就称为"斜封官"。当时,无论是谁,只要拿出三十万钱就能买到一个小官。安乐公主通过这种办法弄到了很多钱,广建宅第山庄,大修楼阁寺庙,尽情挥霍享乐。

其他公主后妃、皇亲国戚、宠臣幸侍见此情况纷纷效仿,他们不断地向中宗求情请托,任意颁下敕书,任命官员,致使朝廷机构臃肿,官职泛滥,官员的选拔、考核、任免制度十分混乱。

这种情况越来越严重:有权势的人,卖官徇私,大搞裙带关系,不仅严重地扰乱吏治,而且造成政出多门,人浮于事,政务荒怠;贿买官职的庸才贪夫更是利用职权之便,侵公害民,违法乱纪,使得百姓怨声载道。由于官职泛滥,官员太多,竟然达到连宰相、御史及员外官那样的朝廷重臣办公时也没有座位的地步。

姚崇辅政以后，与宋璟一起上书，力主废止"斜封官"的做法。而刚即位不久的唐睿宗也颇有进取精神，马上采纳了他们的意见，并封姚崇和宋璟为宰相，分管兵部和吏部这两个重要的朝廷部门的工作。

姚崇改革吏制的第一步就是裁减冗员。他请求睿宗下诏罢免了全部"斜封官"和各公主府官。这一措施不仅减轻了国家的负担，而且也使官爵泛滥的情况得到一定程度的改善。

接着，姚崇又协助睿宗恢复了唐初制定的选官制度，重新按照"三品以上官员实行册授，五品以上官员实行制授，六品以下官员实行敕授，官员人选由尚书省拟定，吏部选文官，兵部选武官"的办法，严格铨选官吏。

由于姚崇与宋璟一起对整个文武官员评选任免工作进行了一次大整治，不仅改革了吏制，整顿了朝廷官员队伍，精简了政府机构，提高了政府职能，而且为朝廷节约了大量财政开支，使百姓的赋税负担也有所减少，使朝中一度呈现出"赏罚尽公，请托不行，纲纪修举"的新局面。

兴邦治国，献《十事要说》

唐玄宗即位以后，一心想学曾祖唐太宗的样子，做一位贤德圣明的君主，把国家治理得更加富强、昌盛，因此急着寻找一位正直、有才干的宰相来辅佐自己。

这一天，唐玄宗正与侍从们一起围猎，听侍从们议论姚崇两次为相，两度被免职的故事，觉得姚崇这个人，为人刚正清廉，颇有太祖诤臣魏徵之风。回京立即召见姚崇，询问治国安邦的大计。

姚崇曾经针对历史遗留的种种弊政，写成《十事要说》一折，准备上奏皇上。

他在《十事要说》中提出了十项重大的治国建议：

（一）反对滥施刑罚，主张以仁治国，安定社会；（二）反对穷兵黩武，虚求边功；（三）不准宦官干扰朝政；（四）不准皇亲国戚任台省官，废止那些靠请托任职的"斜封官""待阙官""员外官"等；（五）持法从皇亲、国戚、近臣开始，以示公平；（六）废租庸调以外的一切苛捐杂税，减轻百姓负担；（七）今后禁止建立佛寺道观；（八）皇帝对臣子要以礼相待；（九）要奖励大臣向皇帝直言规劝，哪怕得罪了皇帝也不能给他们降罪；（十）外戚不得干预朝政。

姚崇知道，这十条建议如果实施，将会遇到来自各方面的极大阻力。如果玄宗皇帝没有改革的决心，不能坚决支持他的改革行动，要想革故鼎新，扫除唐中宗以来的弊政，那是根本不可能的。

现在，玄宗问计于他，这正是他试探玄宗改革弊政，兴邦治国的决心的大好机会。

于是，姚崇对玄宗说："您先别忙。我说出十件事来，您要是认为能办到，我就接受您的任命，当宰相。"

玄宗问:"是哪十件事?"

姚崇拿出《十事要说》交给玄宗,说:"就是这十件事。"

玄宗仔细地读着,询问着,点着头,最后对姚崇说:"好哇,不这么办,国家确实管理不好。这十件事我都能办到。"

于是,姚崇又一次当了宰相。姚崇提出的治国"十事"也就成了玄宗开元时期的施政纲领。在姚崇、宋璟、张嘉忠等一批贞臣的积极辅佐下,玄宗拨乱反正,贯彻这些纲领,使得开元年间赋役宽平,刑罚清省,百姓富庶,史称"开元盛世"。

◆ 才能和人品使姚崇三登相位,也使他辅佐玄宗创造了开元盛世的景象,更使他为后人所称赞和景仰。

18. 秉公执法的韩休

韩休，字良士，在唐玄宗时历任虢州刺史、工部侍郎和制诰、尚书右丞、黄门侍郎、同中书门下平章事。他为官清廉，素以执法刚正，一视同仁著称于世。

韩休在相位期间，万年县县尉李美玉犯了点儿小错误，被人告到唐玄宗处。唐玄宗正巧心情不佳，一怒之下，就命令掌管刑法的韩休将李美玉充军岭南。韩休仔细审查了李美玉所犯的错误，认为罚不当罪，不合法律规定，就向玄宗进谏，要求改正。

玄宗赌气地说："李美玉一个小小的县令，我就不能处罚吗？"

韩休马上争辩说："李美玉官职虽然很低，但是他犯的是小错，依律不应判充军岭南的重刑。如果随便加重李美玉的处罚，那么圣上对朝中犯有重罪的大臣为什么不重重地处罚呢？像现在这样，小错重刑，重罪不罚，那就太不公平，太不合理了。"

玄宗没料到韩休如此大胆直言，勉强压下心中的怒气,沉声问道:"你说朝中犯有重罪的人是谁?"

韩休直视着玄宗,大声地说:"就是金吾大将军程伯献!他仗着圣上对他的宠信,贪赃枉法,横行霸道,罪大恶极。我看圣上先重罚程伯献,更能叫人心服口服。"

程伯献是玄宗宠爱的人。玄宗虽然明知他犯有大罪,仍连连摇头说:"不,不,程伯献久历沙场,为朝廷立有大功,哪能轻易治他的罪呢?"

韩休毫不退让地反驳说:"程伯献立过大功,朝廷已经奖励过他,并封他为金吾大将军。现在他犯了罪就应该受到处罚。如果立了大功、当了高官的人都可以犯法不究,国家制定法律还有多少用处呢?"

玄宗被驳得哑口无言,真想狠狠地整一整这个敢反驳、顶撞自己的大臣。但是,当他看到理直气壮、神色泰然的韩休及殿上、殿下那些神色紧张、惶恐不安的文武百官时,意识到自己作为一国之君,不能意气用事,应该以法治国,以国为重。于是,他只得深深地叹了一口气,对韩休说:"你讲得很有道理,罪有大小,刑有轻重,依罪量刑,才能使人守法服法。李美玉、程伯献就由你来审理治罪吧。"

韩休回衙以后,经过仔细调查核实,分别按李美玉、程伯献的罪行轻重,给予了不同的处理和刑罚。

韩休秉公执法的事传开以后,受到朝野上下的一致赞誉。那些达官权贵见韩休掌刑不分亲疏贵贱,一视而论，就再也不敢依功仗势触犯刑律了。

◆ 只有秉公执法的官吏才会让人信服，我们青少年平时也要公正、诚信，才会让人尊敬。

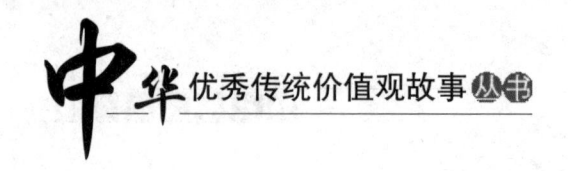

19. 舍家为国的刘晏

唐代著名的"神童"刘晏,字士安,在宝应二年(763年)被唐代宗李豫任命为吏部尚书、同平章事,统领全国财政。刘晏理财,以爱民为本,始终把"廉"字寓于理财之中,体现了勤政、廉政、爱民、利国的思想。在发展农业生产,改革盐政,整顿漕运等方面都做出了卓越的贡献。

改革盐政,促进盐业发展

盐是人民生活的必需品,又是国家主要财政收入来源之一。但是,在唐初,政府对盐实行自由贸易制度,没有收取盐税,所以盐商都发了大财。安史之乱以后,政府为了增加财政收入,设立盐官,对盐实行专营。盐价由原来的每斗十钱提高到每斗一百一十钱。官运官销,严禁私商贩卖。这样做,虽然国家的财政收入增加了,但因国家垄断了盐市,所用盐官又多是豪族贪吏,在售盐时对百姓多方敲诈,百般勒索,百姓买不起盐,经常淡食,苦不堪言。同时官府运盐需要大批民工、夫役，又增加了百姓的徭役负担，使百姓不胜其累。

刘晏兼任盐铁史后，马上针对这些弊病，对盐政进行了改革。首先，刘晏整顿了盐政机关。他把原来设置的盐院进行了重新改组，清除了一批鱼肉百姓的盐官，撤销了产盐少的盐区的盐监，只留下产盐区的十个盐监和四个盐场。他还在不产盐的地方设立了十三个巡院，让他们在负责销售食盐、管理粮食和市场物价的同时，执行缉查食盐走私的工作。盐政机构的改革，大批廉洁清正，办事效率高的盐官、盐监、巡院的任用，使刘晏的盐政改革取得了很大的成绩。

然后，刘晏对食盐的专卖制度也进行了改革。他把原来的官产官销改为民产、官统、商销，使国家节省了大量的生产和运销人员，减轻了百姓的徭役负担。为了扩大食盐的生产和销售，刘晏还奏请皇帝下令制止各地再对盐商增收苛捐杂税，以免增加运盐成本，加重吃盐者的负担，以保证食盐的运销工作。

刘晏为了防止商人在交通不便的偏远地区哄抬盐价，特别在当地设立了"常平盐"。每当盐价上涨，就平价抛售官盐，调节食盐市场价格，保证百姓利益。为了防止意外原因造成食盐脱销，刘晏还在一些交通要道，设立了几千个盐仓，存放了两万多担食盐，以保证食盐的供应。

唐代的盐政，经过刘晏的改革，不仅有利于百姓，方便了商人，稳定了盐价，促进了盐业的发展，而且使唐朝政府在不增加赋税的情况下，大大地增加了财政收入。

利用常平仓，调节粮价

民以食为天，粮价的升降直接关系到人民的切身利益。刘晏兼任江淮常平使以后，成功地调节和稳定了市场的粮食价格，使国家和百姓双双受益。

唐代江淮常平使，主要是管理江淮一带储粮的常平仓，做一些粮食的储存和赈济工作。刘晏接任以后却将它改革为一种商业性组织。刘晏要求各地的常平仓，在粮食丰收，粮价下跌时，以高于市场的价格收购粮食存储起来，以防止粮价太低损害农民的经济收入。遇到灾年或粮食歉收，粮价上涨时，再把常平仓中储存的粮食以低于市场的价格卖给百姓，以抑制粮价的暴涨。如果粮价比较正常，而仓储不足时，就按市场价格在产粮区购粮，以保证仓中存粮的数量。

刘晏又根据各州县过去的粮价和购粮数量，划分成五个等级，每个等级的粮价都有相应的收购数量，粮价越低，收购的数量越多，价格下降到五等以下，则适当加价收购。按照这个等级规定，各州县的常平仓在收购粮食时，可以自行决定收购的数量，不必在事先请示批准，从而为及时平抑粮价争得了主动权。

粮价的平抑，不仅保障了广大老百姓的利益，使他们能有饭吃，而且国家也从常平仓的粮食买卖中获取很多赢利。刘晏的这项改革确实是于国于民,两得其利。

整顿漕运,解救粮荒

唐朝的都城长安,位于关中地区(今陕西省),那里土地肥沃,物产丰富,经济发达,只是生产的粮食满足不了京城近百万人口的食用,每年都要从江南通过水路运进大批粮食。

大批的粮食从江南用船装载,经淮河进入汴水,再经黄河到渭水入长安,全是通过水路运输,所以称漕运。

安史之乱以后,洛阳被叛军占领,淮河的运输被切断,粮食运不进来,京城的米价高得惊人,一千文钱只能买一斗米,连官府的厨房里也没有隔宿之粮。京城附近的老百姓只得把没成熟的谷子打下来,供给缺粮的军队吃。因此,漕运成了关中尤其是京城的生命线。

上元元年(760年),刘晏调任京兆尹,并兼转运使后,为了解决关中粮荒,马上着手进行漕运的整顿工作。

他首先深入实地调查漕运的情况。他沿着漕运路线,勘察河道,访问、了解造成漕运堵塞的原因及改进的方法。回到京城后,立即上书朝廷,指出漕运的四利和四弊,提出全面整顿漕运的方案。唐代宗同意了刘晏提出的计划,并授予他全面主持漕运工作的大权。

刘晏整顿漕运的头一件工作就是疏通河道。他利用改革盐政多收入的钱雇用民工,掏挖河道上的淤泥沙石,疏浚河道,使汴水顺利入淮。水流湍急的三门峡是

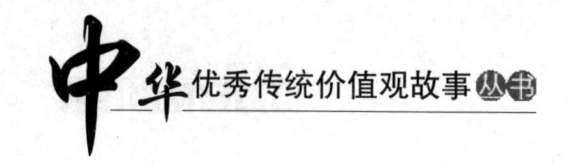

漕运最难通过的地方。以前，漕船过三门峡往往倾覆过半，粮食、船只、人员的损失都很大。如果改走旱路，装卸船只，费时费力，山路崎岖险峻，运输也很困难。刘晏针对这种情况，根据过去三门峡的行船经验，采取十船一纲，挽夫牵拉的方法，通过水中、岸上人员的协同努力，通过三门峡，保证了漕运的安全顺畅。

在运输中，刘晏还开创了粮食的袋装运输，分段转运法。粮食装袋以后，既方便装卸，又可减少损耗和运费。分段转运，使船工固定在一定的河段上航行，水情熟悉，安全比较有保障。粮食分段装运，在船上滞留的时间减少，对保证漕粮质量，降低损失也十分有利。

刘晏又在扬州建立了十个造船厂，投重资，派廉洁干练的官员督办，制造了适应各段河道特点的、不同类型的漕船两千艘。这些船坚厚、实用，很少损坏，在以后的漕运中发挥了很大作用。

刘晏把富户督办漕运，改为国家包运。在船队中派官吏监督、大兵押运。并在沿途每两个驿站处设立三百人的护运军队，就地屯田，以防止沿途军镇扣留漕粮和盗寇的抢掠。

正是由于刘晏对漕运的全面整顿，保证了漕运的通畅。江淮的粮食源源不断地用漕船运入京城，不但解决了长安的粮荒，平抑了关中的粮价，沟通了南北的商品交易，而且增强了唐朝政府的经济实力，为社会稳定和百姓的安居乐业做出了巨大贡献。

刘晏为国理财二十年，手中掌握着唐朝政府的经济大权，但是他自己却清廉自守，决不枉取一文。当他六十五岁被人陷害致死时，家中也仅有"杂书两车，米麦数石"而已。这在封建社会的官吏中，也可以说是十分难得的了。

◆ 刘晏自幼天资颖悟，少年时期十分勤学，才华横溢、名噪当时，七岁举"神童"，八岁时唐玄宗封泰山，因献《颂》，唐玄宗召见后，大加赞赏。宋代王应麟在他的《三字经》里写道："唐刘晏，方七岁，举神童，作正字，彼虽幼，身已仕。尔幼学，勉而致，有为者，亦若是。"把他树立为当时青年才俊学习的榜样。

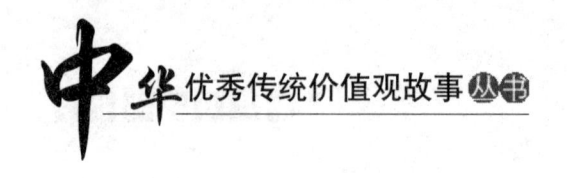

20. 秉公为民的贾至

贾至，字幼隣，唐肃宗时，贾至担任中书舍人、分置制敕、参赞政务等职，由于清廉正直，受到肃宗的恩宠和信任。

当时，在平定安史之乱时立有大功的将军王荣的府第也建在长安。王荣自以为功高如山，无人可比，现在又手握兵权，肩负重任，便骄傲得不得了，在京城里专横跋扈，胡作非为。

有一次，进京述职的富和县县令杜徽言语顶撞了王荣，王荣觉得伤了自己的面子，就不顾朝廷法规，带领家丁抓住杜徽，把他活活打死在大街上。

负责京畿治安的京兆尹听到报告以后，立刻派差役将杀人犯王荣及其家丁都逮捕归案，审讯之后，定为死罪。

但是，案子报到朝廷以后，唐肃宗觉得王荣这个人，过去曾为朝廷立了不少战功，有心庇护他，于是下令免死，将王荣改为流刑。

唐肃宗为王荣减刑的命令一下，全国上下一片哗然。百姓纷纷议论,有的人说:"一个人立过功,就可以藐视王法,胡乱杀人吗?如果是这样,国家制定法律,又有什么用呢?"

朝中也有的官员私下里嘀咕说:"县令虽小,也是朝廷命官。县令都可以随便杀害,那么平民百姓的生命又有什么保障?说不定哪一天,他也会找到我们头上,杀了我们呢!"

朝中大臣心里虽然不赞成皇上减刑的做法,但是当着皇上的面,谁也不敢提出反对意见,替杜徽申冤。

中书舍人贾至见朝中大臣都为自己打算,人人三缄其口,感到十分痛心。于是他就毫不犹豫地向肃宗上了一道奏章,要求皇上收回成命,依法判处王荣死刑。他在奏章中劝谏肃宗说:"圣主治世,首先要严肃法纪,尊崇信义。现在,王荣身为将军,不仅不能成为遵纪守法的表率,反而倚功仗势,擅杀朝廷官员,实在是罪大恶极,依法判他死刑,这也是罪有应得。如果圣上仅仅因为他曾有功于朝廷就宽赦他的死罪,那么立过功的人,不是都可以随便杀人了吗?法律必须人人都遵守,才有实效,请圣上不要因为怜悯一个犯罪的人而破坏了国家的法律。"

肃宗看了贾至的奏章,觉得很有道理,但是对处死王荣,心里总还有点不忍心。

这时,朝中大臣见贾至挺身出来,带头讲了话,胆子也大了,也纷纷劝谏肃宗。

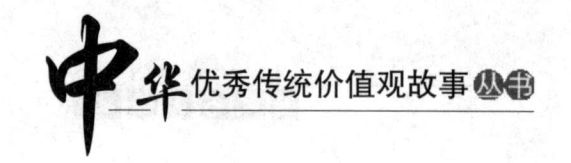

肃宗心里也明白，贾至和大臣们的话是对的。所以，最后还是接受贾至等人的劝谏，按照法律的规定，将王荣判处了死刑。

　　长安百姓看见处死王荣，除掉长安一害，都很高兴，纷纷赞扬贾至秉公执法，为民直言的可贵精神。

　◆ 秉公执法、为民直言，不只是为官之人需要遵守的可贵品质，也是我们人人都要发扬的传统美德。

21. 直言劝谏的陆贽

陆贽，字敬舆，是我国唐代有名的清官廉吏，德宗皇帝曾经因为他过于清慎而降旨加以责备，并传谕命他纳贿，这在我国历史上是绝无仅有的。

陆贽出生官宦家庭，他的父亲曾任溧阳县令。陆贽很小的时候，父亲就离开了人世，他在贫寒中长大。他天资聪慧，勤奋好学，十八岁便考中进士。起初他担任过几任地方官，唐德宗继位后，他被召为翰林学士，后累迁至宰相。

唐德宗时，国家已由强盛走向衰落，藩镇割据严重，政治腐败，经济萧条，人民生活困苦，陆贽认为，国无民不立，民无财不活，因此治国的关键在于稳定政局，休养生息，使人民摆脱贫困。

唐德宗继位后急于改革弊政，结果导致了藩镇叛乱，战乱使本来就凋敝不堪的经济更加恶化，百姓颠沛流离，民不聊生。陆贽目睹战争给国家和人民带来的深重灾难，十分痛心，他主张罢兵安民，请求德宗降罪己诏，承担战争罪责，撤还军队。德宗的诏书一下，立刻受到军民的积极拥护，对战争的平息起了重大作用，人民得以安宁度日。

轻徭薄赋，宽政爱民是陆贽的一贯主张。早在他担任地方官时，就提出要体察民情，整肃吏制，均节赋税，赈济救贫等措施。担任宰相后，他针对时弊，改革吏制，清平为政，体恤百姓，在很大程度上减轻了百姓负担。

当时土地兼并严重，贫富悬殊，农民深受剥削。陆贽主张损有余，补不足，对豪强地主的占田数量和租额严加限制、减裁，有违犯者严惩不贷。

陆贽十分关心受灾的百姓，发生灾害，及时赈济。公元792年，河南、河北四十多个州发生水灾，淹死两万多人。陆贽听说后，请求派人前往赈救。德宗说："我听说损失很小，如果马上给予救济，恐怕会导致其他地方虚报灾情。"陆贽说："当今时弊，主要是曲意逢迎，专挑你喜欢的夸大其词，见你厌恶的就缩小其事。我已经多方询问过，那里的灾情确实很严重，怎么能不救济呢？"德宗无奈，只好同意赈救。

德宗贪财好利，聚敛财物占为己有。河东收复后，各地贡献的财物日益增多，他将贡物堆放在廊下，题名"琼林""大盈"二库。陆贽见到后，上疏说："眼下战事未息，百姓受困于沉重的供役，呻吟之声遍及全国。前方冒死作战的将士没见到有丝毫赏赐，各地的贡献被皇帝一个人封存在库房，天下共睹，谁能无怨。"他请求德宗与军民同患难，散财于民，做一个贤德的君主，德宗后来有所改悔。

贞元年间，德宗的私欲再度膨胀，经常暗中指使各地增加贡献。这样一来，藩镇也以贡献为名，大肆搜刮百姓。当时李泌为宰相，他请求停止各地的贡奉，每年从常赋中拨款百万供宫中使用，但是德宗仍然多次公开索取。李泌听说后，心中忧虑但不敢进言。陆贽则以理力谏，他对德宗说："皇帝频繁索贡，各地不敢不进，按规定是不许加税的，所贡之物既不是地长的，又不是天生的，无非是百姓的血汗，你向地方官索取，他们就巧立名目，乘机剥削百姓，这比正常徭役更令百姓难以负担。"

陆贽刚直敢言，自然常常触怒德宗，但他毫不畏惧。与德宗较为亲近的一些大臣多为奸佞误国之人，他们对陆贽也十分不满。在奸佞的攻击下，陆贽被罢相，贬到忠州。

在忠州，陆贽的生活十分贫困，但他仍然十分关心百姓的疾苦。忠州这个地方气候潮湿，疾病流行，百姓深受病痛的折磨。为了解除人民的疾苦，陆贽钻研药典，搜集了大量单方，汇编成五十卷的《陆氏集验方》，在民间流传。

◆ 陆贽一生勤政爱民，清慎自守，时刻关注百姓的疾苦，不顾个人得失，这在当时是多么可贵的精神啊！

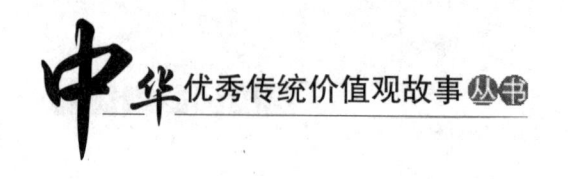

22. 执法不畏权势的韦澳

韦澳，字子斐，在唐宣宗大中元年（847年）中了进士以后，因为秉公执法，勤政爱民，深受宣宗的赏识和信任，所以任命他为京兆尹。

京兆尹是京城的地方官，这是一个非常重要而又十分难当的官。朝中的大臣、将军、皇亲、贵戚以及国内的富商巨贾、豪门世族，几乎都住在京城。京兆尹要管理京城的政治、经济和治安，只要稍有不慎，得罪或冒犯了这些人，就会酿成杀身之祸。韦澳在京城当了这么多年的官，对京城的情况也有一定的了解，但是，他决心负起京兆尹的职责，为国为民多做几件好事。

韦澳上任不久，就有许多百姓状告唐宣宗的舅舅郑光的庄园管家。

这个管家仗着国舅郑光的势力，横行不法，欺压百姓，无恶不作。不仅是长安地方上的一害，而且多年拒绝向国家缴纳租税，是朝廷里的一只蠹虫。他把贪污、压榨得到的钱粮，除了供自己挥霍外，都送给了郑光。郑光有这样一个"生财有道"的管家，自然是百般呵护，尽力袒护。因此，这个管家虽然罪大恶极，却无人敢于处治。

韦澳接到百姓的状子以后，派差役逐项查证，见情况属实，就立即把这个管家抓起来，关入大牢，郑光得知详情，气急败坏地赶到宫中，为管家求情。唐宣宗明知韦澳做得对，但是为了顾及国舅的面子，还是把韦澳召进宫中，让他把那个管家放了。

韦澳听后，不肯从命，反而列举大量事实，向宣宗证实管家的罪行的确十分严重，然后又态度恳切地劝谏宣宗说：

"陛下任命我做京兆尹，就是为了让我治理好京城，消除多年来的积弊，可是国舅的管家多年来欺骗国家，压榨百姓，罪恶昭彰。如果这样的人也能无罪释放，那么，今后还怎么执法呢？陛下释放那个管家的旨意传扬出去，百姓又会怎么说呢？"

宣宗见韦澳说得合情合理，也意识到释放那个管家不太妥当，却又十分为难地说："你讲得都对，只是国舅已经找我好多次了，太后也反复叮嘱，让我把这个管家放了。我看你就变通一下，让这个管家按法律规定交罚金赎罪吧。"

韦澳见皇上已经发话，只得同意说："陛下这样决定，我只好照办了，只是他拖欠的租税和应交的罚金必须全部缴清，我才能释放他。"

宣宗说服国舅和太后，让他们交足了欠税和罚金，韦澳才放了那个管家。

　　韦澳不畏权势，惩罚国舅及其管家的事迹传开以后，在京城引起很大反响，那些不法豪贵及其恶奴再也不敢胡作非为，肆意欺诈百姓了。

　　◆ 不畏权势、直言不讳、秉公执法、勤政爱民是我们应该继承和发扬的传统美德，韦澳已经给我们做出了榜样，值得我们后人学习和借鉴。

23. 救国拯民的柴荣

柴荣是五代时后周皇帝郭威的养子，公元954年，周太祖郭威病逝，由于郭威的两个亲生儿子都已被杀，他遗命柴荣继承皇位，柴荣即周世宗。

周世宗柴荣是我国五代时期一个有作为的皇帝。他精明强干，志向远大。他曾经说过，希望做三十年皇帝，用十年时间开拓疆土，用十年时间使百姓休养生息，用十年时间将天下治理太平。然而，他仅在位五年零六个月便病死在征途上，未能实现自己的愿望。尽管如此，他还是为国家和民族做了许多好事，为后来北宋的统一奠定了基础。

周世宗很注意留心农事。他让人用木头雕刻了农夫、蚕妇的形象，摆放在殿庭上，以便自己能天天看到，给百姓减轻痛苦。一次，他与文武百官在皇宫中会餐，席间他说："这两天很冷，我在宫中吃着上好的饭菜，并不感到寒冷。对百姓没什么功劳，反而坐享天禄，我实在感到惭愧，我既然不能够亲自耕田自食其力，就只有亲临战场为民除害。这样心里也许会安稳一些。"

有一年，皇宫里永福殿年久破败，周世宗下令重修，宦官孙延希等四人奉命主持修缮工程。一天，周世宗亲临工地察看，发现有些工匠用瓦片盛饭。用木片削成的勺吃饭。他对此十分痛心，下令将孙延希杀掉，将另外三名主事宦官免职。

周世宗认为，治国安邦，富国强民，必须以农为本。当时农业赋税的征收很不合理，不等民间收获，不等纺织完毕，便征收谷帛，结果弄得农民家破人亡，怨声载道。为了改变这种状况，周世宗下令改变征税时间，每年夏季六月、秋季十月开始收税。为了减轻农民的赋税，他还制成均田图颁发全国，无论官民，贵族诸侯，一律按照重新丈量的土地，照平民的低地租缴纳，取消了一切特权。然后把各州均定的田租和替官府放债收息提供俸给的富户编入州县民籍，所有幕职和州县官员均由朝廷发给俸钱和米麦。周世宗的这项改革，根除了唐以来三百多年的弊端，减轻了人民的负担。

五代时期，佛教盛行，众多的寺院耗费了国家大量钱财，使劳动力减少，对社会生产起了极大的破坏作用。当时，后周人口有一千多万，僧尼竟多达二十万以上，这些人大都是年轻人，这是劳动力的极大浪费。除此之外，佛教还产生许多消极作用，夺人心志，祸及民众。为此，周世宗决定限制佛教的发展，以减轻人民的负担。他下令规定，全国只在开封、洛阳、大名、长安、青州五地设立戒坛以度僧尼，不经父母同意，子女不得受戒出家。他还严禁僧尼舍身、断手足、炼指、挂灯、带钳等摧残身体、损害生命的恶俗。经过一番整顿，废除了三万多所寺院，使十几万僧尼还俗。

为了铸钱，增加国家的收入，周世宗还下令将寺院的铜佛像一律送交官府，用来铸造钱币。为了破除迷信，解除人们对佛的敬畏心理，他亲自拿斧头将镇州寺院中的铜菩萨像砸毁。他对侍臣们说："你们不要疑惑，佛是最讲舍己为人的，只要是做了对民有好处的事，就是信佛了。如今百姓生活很贫困，佛家难道还舍不得几尊佛像吗？如果我的身体可以利民，我也不会吝惜的。"

◆ 周世宗柴荣的一系列改革措施，顺应了时代，符合人民的一些利益，也有利于社会的进步和发展。他还开辟了统一全国的道路，他的历史功绩是应该得到肯定的。

24. 治通州的吴遵路

吴遵路，字安道，江苏丹阳人，出身书香世家，是宋初知名大学者吴淑之子。遵路自幼聪敏，博学知大体，于大中祥符五年进士及第，累官殿中丞，秘阁校理。

宋仁宗明道二年（1033年），通州一带闹蝗灾。

成群的蝗虫，像大片的乌云铺天盖地而来，落在田地里，眨眼的工夫，绿油油的庄稼就剩下一根根的根桩儿了。通州知州吴遵路带领州衙人役正与百姓在地里灭蝗虫，见此情况，知道即使现在能够杀死全部蝗虫，庄稼减产也已经成为定局。况且，虫灾这么厉害，什么时候才能彻底杀死全部蝗虫，尚且无法预料。

为了保证通州百姓灾后有饭吃，吴遵路在灭蝗的同时，就向富户募集了几万贯钱，派州衙中精明干练的差役和下级军官携款出海，到没有遭受虫灾的富庶地区买回大批粮食投入市场，平抑粮价，使通州粮食减产不涨价，受灾无饥民。

吴遵路在巡视中看到，有的农户地里的庄稼都被蝗虫啃光，颗粒无收，即使是平价粮食也没钱去买。他就让这些农户打柴草，交由官府收购，再用柴草钱去买粮度灾。等到冬季，大雪封山，柴草紧缺时官府又以原价把这些柴草卖给百姓。这样，他没用朝廷调拨一文钱，就帮助通州百姓安然度过了大灾之年。

当时，全国遭受蝗灾的面积很大，有的州、县，由于当地官员赈济、组织不利，大批灾民离家流亡，乞讨为生。吴遵路为了安置通州城里的流民，他拿出自己的俸禄盖了一百间茅屋，给流民住，还买了一些草垫子、席子、食盐、蔬菜等送给流民们吃用。使通州城里的流民免于冻饿而死。

这一年，其他州、县都死了很多人，唯有通州，由于吴遵路的精心筹划，积极赈济，不仅没有饿死人，而且百姓有衣有食，安宁平静，就好像没有受过灾一样。所以，通州百姓都把吴遵路当作自己的生身父母那样尊敬和爱戴。

后来，淮浙安抚使范仲淹来到通州视察，认为吴遵路治灾救民的方法切实有效，就上报朝廷，推广到全国各地，使全国百姓都从中受益。

◆ 吴遵路生平坦雅慎重，寡言笑，善笔札。其为政简易，不为声威，立朝敢言，无所阿倚。平时生活廉俭无好，既殁，家无余资，好友范仲淹分俸周之。邑人祀之为乡贤。值得后人学习。

25. 刚正不阿坚持正义的欧阳修

欧阳修，字永叔，号醉翁，又号六一居士，是我国宋代著名的文学家、史学家，他是北宋古文运动的领袖，被称为"唐宋八大家"之一。与宋祁合修了《新唐书》，撰写了《新五代史》。除了在文学和史学方面的成就，他还是我国古代著名的廉吏之一。他为人正直，志高行洁，勤于职守，奉公爱民。为官四十年，清廉一世，名垂青史，令人景仰。

欧阳修是北宋江西庐陵人，出身贫寒，幼年丧父，母亲郑氏靠给别人做针线活维持家中生活。欧阳修天资聪颖，可是家里没钱供他入学读书，他只好在母亲的指导下学习。由于他勤奋刻苦，好学不倦，二十四岁时便考中了进士，被宋仁宗任命为秘书省校书郎、西京留守推官。

庆历三年（1043年），当时任参知政事的范仲淹针对时弊提出了改革朝政的十条治国方略，这就是历史上有名的"庆历新政"。欧阳修积极支持范仲淹的改革，结果遭到封建保守势力的攻击和诬陷，范仲淹和欧阳修均被贬为地方官。

欧阳修在朝中刚直不阿，坚持正义，常常遭到奸佞的诬陷和暗算，但他并不因此而屈服，依然一身正气，不考虑个人的安危和得失。宋英宗曾经劝他说："以后不要过于刚正了，那样会招来很多莫须有的怨谤。"欧阳修果断地回答道："都想把恩惠归于自己，谁来承担怨恨？只要是正义的事情，对国家对人民有利，我万死不辞。"

欧阳修的确做到了这一点，他克己奉公，为民着想，做出许多利国利民的好事。北宋政权的官僚机构十分庞大，军费开支也逐年增加，每年还要向北方崛起的少数民族输纳贡物，这一切给劳动人民带来了沉重的生活负担。欧阳修感到，必须改变这种社会财富用之者众，生之者寡的局面。他上书宋仁宗，揭露了当时社会的三大弊政，即诱民之弊、兼并之弊、力役之弊，主张大力兴修水利，开垦荒地，广植农桑，增加人口，使农业生产得到扩大发展，从而达到富国强民的目的。

欧阳修任颍州太守时，有一年发生了严重的旱灾。欧阳修马上上奏朝廷，免去了在当地征调万名农夫的徭役。然后组织修筑了白龙沟水利工程，引来西湖水灌溉农田，促进了当地农业发展。他还集资修建了三座大桥，改善了颍州的交通条件。

至和元年（1054年），全国普遍干旱，民不聊生，国家财政极度困难，宋仁宗仍然大兴土木，修建庙宇和享乐场所。欧阳修对此十分痛心，认为这是鱼肉百姓，广耗国财。当时宋仁宗已经下诏重修庆基殿和奉先殿，欧阳修毅然上书，请求只进行简单的修缮，对没有动工的工程一律停止动工，节约国家的钱财，减轻百姓的负担。

欧阳修疾恶如仇，对那些搜刮民脂民膏，损公肥私的贪官污吏，总是严惩不贷。庆历二年（1042年），发生了一起边将贪污大案，葛宗古等三名边将贪污巨额军费为自己营造豪华住宅，并大肆挥霍。当时朝中对此案的处理上出现两种态度，一是认为边将身负重任，应从宽发落；一是主张同中央官吏一样看待，严加惩处。欧阳修的意见属后者，他认为这三名边将在戍边期间毫无建树，反而侵吞军费大肆浪费，必须严惩，否则无法警戒后人。

同一年，还发生了另一起事件，淮南转运使吕绍宁到任不久便向朝廷进献现钱十万，以求加官进职。欧阳修听说后，马上上书宋仁宗，他说："吕绍宁刚到淮南便弄出十万现钱进献，如果他用的是官库的钱，必然会使各州县财政紧张，如果是搜刮百姓的钱，当地百姓的生活一定会陷入困苦之中。"他请求皇帝不要接收这笔钱，派人去查明钱的来历，宋仁宗派人到淮南一查，原来这些钱是从人民身上搜刮来的，吕绍宁被治罪下狱。

◆ 欧阳修一生清廉，不敛财物，他在晚年为自己所写的小传中说：家无别蓄，仅藏书一万卷，集三代以来金石遗文一千卷，有琴一张，有棋一局，常备酒一壶，再加上自己一个老人志于五物之间，因此自称为"六一居士"。从中我们不难看出他那坦荡的胸怀和廉洁的品行。

26. 忧国忧民的宗泽

宗泽北宋末、南宋初抗金名臣。字汝霖，汉族，浙江义乌人，刚直豪爽，沉毅知兵。宗泽既是我国历史上一位著名的民族英雄，也是一位为人民做了许多好事的清官廉吏。他出生于一个贫苦的农民家庭，从小就有远大的抱负和志向，关心天下大事，读书勤奋，后来考中进士，步入仕途。他一生尽忠竭力，忧国忧民，深受人民爱戴。这里对他积极抗金等爱国事迹不多做介绍，只讲述几个他担任地方官时的小故事。

宗泽任大名府县尉时，有一年冬天，参政吕惠卿命宗泽陪同他一起视察开凿中的"御河"。当时，正巧宗泽家中来人捎信说他的长子病亡，宗泽悲痛万分，但是接到吕惠卿的命令后，他顾不上回家料理家事，忍着丧子之痛来到了"御河"工地。在工地上，宗泽亲眼看到凛冽的寒风中民工们艰难地挥舞着工具，一镐下去，冻得坚硬的土地上只留下一个白点，一些民工因寒冷和劳累而死在工地上。可是那些负责开凿"御河"的官员却对此无动于衷，不闻不问。宗泽对吕惠卿说："现在正值严冬，地冻如石，施工十分困难，劳民伤财，得不偿失，不如等冬天过后到明年春天再开工，那样既节省人力，又节省工时，可以取得事半功倍的效果。"然而吕惠卿并没有接受宗泽的建议。宗泽深感这些不恤民众的官吏不可能替百姓讲话，便连夜写了一封奏书，亲自向朝廷提出延期开凿"御河"的建议。由于他在奏书中阐明了利弊，终于使朝廷同意延期。百姓因此免遭了劳役冻死之灾，宗泽也获得了百姓爱戴。

在山东掖县任知县时，宗泽曾遇到这样一件事。户部提举司奉命从京都赶到掖县紧急征购大量牛黄，当地百姓屠杀了大批耕牛来提取牛黄，可还是无法如数完成征购任务。无奈之中，百姓只好出钱贿赂有关官员以求赦免。宗泽面对这种情况，勇敢地与户部提举司进行了争辩，他说："牛黄是天下发生疫疬时，牛喝了这种水中的毒才形成的。如今天下太平，气候正常，牛吃青草，饮净水，怎么能产生牛黄呢？"提举司对此不屑一顾，倚仗权势免去了掖县主簿的官职，并声称要弹劾宗泽。宗泽怒不可遏，毫无畏惧地说："你既然要这样做，我倒要和你决出高低！"宗泽上书朝廷，将情况如实讲明，使朝廷取消了在掖县的牛黄征购，掖县百姓免去了一场灾祸。

宗泽到开封府任知府时，那里的市场秩序十分混乱，一些奸商哄抬物价，欺行霸市，大肆勒索平民百姓。为了改变这种局面，宗泽深入市场进行认真调查，

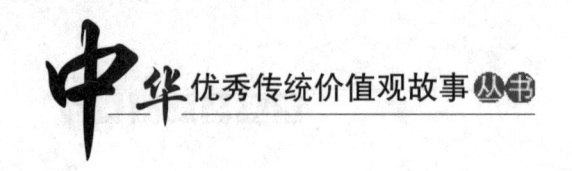

从而了解到物价上涨的主要原因是一群奸商从中捣乱。宗泽对各种商品的成本进行仔细核算，规定商品价格，对抬高物价者严加惩处。这一措施出台后，受到平民百姓的积极拥护。然而，一些奸商仍然高价出售商品，不愿失去厚利。有一个饼商不顾宗泽对饼价的限制，继续哄抬饼价。宗泽下令把这个饼商抓起来就地正法，此后开封府内的奸商再不敢扰乱市场。物价平稳了，人民生活趋于安定，市民们无不称赞宗泽。

◆ 宗泽廉洁奉公，关心人民的疾苦，先后在八个州县做过地方官，留下不少佳话，这使我们更加景仰这位伟大的民族英雄。

27. 实行"汉法"的耶律楚材

耶律楚材是蒙古帝国的第一任宰相。他力主以"汉法"治国，推行仁政，主持制定和颁行了一系列封建政治、经济制度，为蒙古统一全国奠定了基础，是一位举世赞誉的名相。

废屠城，保全中原百姓

金章宗泰和六年（1206年）蒙古大汗铁木真以铁的手腕，武力统一了蒙古各部，建立蒙古汗国，成了成吉思汗。

蒙古铁骑犹如狂虐的风暴，席卷北方大地。蒙古军队烧杀掳掠，所过之处变成一片废墟。耶律楚材作为成吉思汗身边的谋士，虽然屡次提出禁绝滥杀的意见，但是，因为成吉思汗在用兵初期，曾与蒙古人约定，如果发起进攻，敌人还不投降，那就是顽固分子，作为报复，在摧毁敌人以后，一定要把敌俘和百姓全部杀死。所以，耶律楚材的意见在当时根本没人听。

太宗窝阔台即位以后，认识到蒙古原来的某些制度和做法，很难适应"汉化"地区高度发达的封建社会的需要，不利于在这些地区的统治，所以愿意采取一些比较开明的做法。

元太宗三年（1231年），蒙古军队进攻河南时，耶律楚材便请求太宗下令不要残杀当地居民，而把这些人迁往山后开采金银、栽种葡萄。第二年春天，耶律楚材见一些蒙古贵族不顾太宗诏令追杀逃避在山林洞穴里的陕、洛、秦、虢等州的战争难民，又请求太宗准许，制白旗数百面，发给他们，让他们以之为凭，回到被蒙古军队控制的家乡去种田。

元太宗四年（1232年），蒙军大将速不台攻打金国的陪都汴京，即将攻破城池时，派人向太宗请求说："金人长期顽抗，使我军死伤甚多，城破后，要杀尽城中所有的人，为我军死难将士报仇。"

元太宗也正为该城顽强抵抗，攻城部队损失太多而恼火，听了请求，正准备答应屠城。担任中书令的耶律楚材马上制止说："请不要下令屠城。我军将士在外征战数十年为的是什么呢？不过是想得到敌方的土地和人民。如果屠城，杀死所有的人，得到一座空城，还有什么用呢？我们这一仗不是白打了吗？"

太宗听了觉得很有道理。耶律楚材接着又说："汴京是一座有着上千年历史的繁华古城。城内人才荟萃，有学识渊博的儒者，也有制造弓矢、甲仗、金玉器皿的能工巧匠，金国的富贵之家大多聚居城中。如果图报一时之仇，把人杀绝，那我们还能得到什么呢？"

元太宗点头称是，于是下了一道诏令："除皇族完颜氏罪大不赦外，其余皆免罪不问。"

大将速不台接到诏令后，不敢违旨。攻破汴京后，只杀了完颜氏一族，其他城中居民一百四十七万多人，皆因耶律楚材的努力而免遭屠杀。

从此以后，蒙古对南宋用兵，攻取淮汉诸城时，也都以此作为"定例"，不再屠城，只诛"首恶"了。

蒙古军事行动中的这一转变，有利于饱受战乱之苦的普通百姓，也有利于当时中原社会经济的恢复和发展。其中耶律楚材的积极努力是功不可没的。

定税制，制止返农为牧

蒙古人世居塞外，以游牧为生。在进入中原以前，他们并不了解作为封建社会统治基础的农业经济的重要性，更不知道应该如何向农民征收赋税与发展农业经济。

蒙古人进入中原以后，由于连年征战，抢掠的财物多数装入私人腰包，国家缺钱少粮，战争经费无法筹措，闹得一筹莫展。

太宗二年（1230年），一天早朝时，太宗接到前线的告急文书，得知军费紧张，粮草将尽，便马上派人把幽、燕地区刚收割的八千担燕麦调拨过去，以解燃眉之急。事后，太宗对文武百官说："眼下国库空虚，缺粮、缺钱，你们谁能设法弄到粮与钱，谁就是第一功

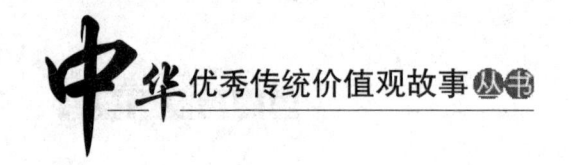

臣。"

元太宗话音刚落，身为蒙古贵族的近臣别迭就抢着说："中原地区的汉人不懂得养马、放牧，对我们一点用处也没有。不如把他们都杀掉，好在那里开辟牧场，用不了几年，国家就富了，军队也就有粮饷了。"

耶律楚材听了别迭要杀戮汉人，变农田为牧场的建议，觉得既可气又可笑，就反驳说："别迭，你说汉人无用，那么刚才调拨给前线军队的八千担燕麦是谁种出来的？幽、燕之地没改牧场，不是也能生产粮食吗？怎么能说汉人无用，农业该毁呢？"

接着，他转对太宗说："天下是辽阔的，四海是富裕的，各地的百姓都是勤劳努力的，只要政策好，他们就能提供大量的财富。陛下南征需要筹措粮饷，如果建立税收制度，仅中原地区的地税、商税以及盐、酒、冶铁、山泽之利，每年就可以得到白银五十万两、帛八万匹、粟四十余万石，这些足够做军费用的了。"

元太宗认为这个方法比较可行，同意试用。于是授命耶律楚材负责建立税收机构，选任税官。从而使一场杀戮汉人，破坏中原农业经济的活动被制止。

第二年秋天，各地使者将征收到的粮食簿籍及银两、布帛等实物进呈太宗。太宗见后十分高兴，对耶律楚材也更加信任，任命他为中书令，掌管军国大政。

后来，耶律楚材见全国各地税制非常混乱，不便征收和管理，于是奏请元太宗，制定了新的赋税制度。他有意把税率定得很低,使饱经战乱的百姓得到了一个休养生息的机会。同时,也加速了北方社会经济的恢复和发展。

反对"扑买制",减轻百姓负担

成吉思汗西征,打通了中原通向西域的商路。大批西域商人东来,其中有不少人为蒙古贵族经商牟利,也有些人与蒙古贵族勾结在一起,趁蒙古入主中原初期,社会经济尚处于恢复阶段,人们生活十分贫困之机,大放高利贷,盘剥百姓。

元太宗二年(1230年),在中原开始征税以后,一些商人受税额的刺激,乘机抬出一种苛剥百姓的包税制——扑买制。

所谓"扑买",就是由某人先支付高出某种税额的银两,以取得某种税的征收专利权。这样,等到"扑买"者向百姓征收赋税时,就要大量加征,以获取收益。

到元太宗十年时,"扑买"的范围已经相当广泛。如燕京刘忽笃马以银五十万两扑买天下差发,刘庭玉以银五万两扑买燕京酒课,还有一些商人与蒙古贵族相勾结,以一百四十万两银子扑买了全国盐、酒、差发、廊房、地基、水利、桥梁、渡口以及猪鸡等项课税权。

当时的一些政府官员为了增加财政收入,省去征税的辛劳,也乐于"扑买",这更助长"扑买"风的盛行。

耶律楚材认为,这种把国家财政经济命脉全都交给商人的做法，无论对国家，还是对百姓都是十分有害的。于是，他上奏太宗，谏止"扑买"，说：'扑买'乃贪利之徒，罔上虐下想出的恶主意，危害极大，决不能干。朝廷只有停罢'扑买'，恢复正常的赋税制度，才能取信于民，立于不败之地。"太宗准其奏。

然而，"扑买"并没有得到制止。隔了两年，右丞相镇海与回鹘译史安天合相勾结，将国家赋税征收权以二百二十万两银子"扑买"给西域商人奥都剌合蛮。奥都剌合蛮拟将税额增加一倍征收。耶律楚材听说以后，坚决反对这种做法，他哭着力谏太宗说："多向百姓征收一二十倍的赋税并不难，只要拼命地榨取就行。但是，百姓无法生活，揭竿而起，那就会危及国家的安定了。"

此时的元太宗，沉湎于酒色，不理朝政，根本不听耶律楚材的劝谏，仍让奥都剌合蛮试行。耶律楚材知道事情至此已经无法挽回，愤而叹息说："从现在开始，百姓将沦于穷困之中了。"

元太宗十三年（1241年），窝阔台病逝，乃马真后总揽朝政，宠信奥都剌合蛮等人，不少贵族慕其财，惧其势，争往依附。耶律楚材遭到疏远和排斥，抑郁成疾，不久去世。

从此，元朝"扑买"之风更盛，耶律楚材苦心孤诣制定的轻税薄赋、宽恤民力的政策也相继遭到破坏，成为一纸空文。

◆ 耶律楚材不仅是一位杰出的政治家，而且多才多艺，是一个在文化艺术方面有卓越修养和多种贡献的人。他是我国提出经度概念的第一人，编有《西征庚午元历》，还主持修订了《大明历》。他酷爱诗歌，写过不少诗作，现存于世的有《湛然居士文集》共14卷。在历史上留下了浓墨重彩的一笔。

28. 中兴安民的董文用

董文用，字彦材，元代名将董俊第三子。年10岁亡父，受兄长董文炳之教，学问早成。20岁辞赋考试中选。元世祖至元元年（1264年），董文用被任命为西夏中兴（今宁夏银川市）等路行省郎中。

中兴地区在元世祖忽必烈与阿里不哥争夺汗位时，曾受亲阿里不哥的蒙古大将浑都海控制。双方在这一带交战，百姓为了躲避战乱，纷纷逃往山中，致使中兴一带人烟稀少，百业萧条，呈现出一片荒凉的景象。

浑都海兵败被杀以后，逃进山中的百姓恐怕受到迫害，不敢出山。元世祖任命董文用到此地为官的主要任务就是让他安抚当地百姓，恢复和发展生产。

董文用到任之后，首先发表文告，晓谕逃民，要他们安心回乡生产，政府绝不追究、迫害。董文用派遣一些当地较有威望的人进山做了大量的说服动员工作。不久，就有四五万逃民回到家乡。他又下令全部发给种子、农具，帮助逃民安顿下来，从事农业生产。董文用的这些措施得到中兴百姓的热烈欢迎，中兴一带渐渐地有了生机。为了进一步恢复和发展农业生产，他还组织百姓开通唐来、汉延、秦家等渠，灌溉农田，使中兴、西凉、甘肃、瓜、沙等州的很多旱地变成了水田。

当时，诸王只必铁木儿镇守中兴等路，其部将蛮横骄纵，不服法纪，常到地方官府强索财物，骚扰百姓，使地方官府不胜其累，不堪其扰。

于是董文用就坐镇官衙，来的兵将都被他依法驳回。那些人见董文用挡了他们的财路，非常生气，便捏造谎言到只必铁木儿处告状。只必铁木儿见一个汉人地方官竟敢与王爷对抗，暴跳如雷，立刻派人来质问董文用。

董文用毫不惧怕，义正词严地反驳说："我是天子任命的官吏，你们有什么资格来质问我？让圣上所派的王傅来跟我说吧！"只必铁本木儿只得派王傅前来询问。董文用向王傅解释说："像诸王只必铁木儿这样一位宽厚仁慈的王爷，身负重任，威震一方，而他的部下却残害百姓，凌暴官府，这恐怕是不合事体吧？"然后，董文用一一列举了只必铁木儿部下的罪行。王傅回去以后如实回报。只必铁木儿才知错怪了董文用，立即将董文用召到王爷府，道谢说："如果不是你说明，我还不知部下背着我所做的那些事。你对朝廷如此忠心耿耿，希望你今后能够再接再厉。"

从此以后，只必铁木儿认真约束部下将士，骚扰官府和百姓的现象也少多了。

中兴等州在董文用等省臣的努力下，农业得到恢复和发展，百姓安居乐业，再也不用逃亡深山避祸了。

◆ 像董文用这样为人耿直正义、不欺下瞒上，积极带领百姓开展生产的官员值得我们称赞和学习。

29. 不畏强权严惩民贼的道同

道同，明直隶河间（今属河北）人。先辈为蒙古族。事母至孝。洪武三年（1370）因为才干被推荐为太常寺赞礼郎，后出知番禺（今属广东）。番禺为烦剧之县，而军卫尤横，佐吏动遇答辱，前知县率不能堪。道同为人刚正不阿，民赖以安。因屡忤永嘉侯朱亮祖被诛。

当时，番禺是广东的首府，那里的土豪劣绅与地方恶霸相互勾结，专横跋扈，无恶不作，就连州县官吏也时常被他们欺侮、摆布，所以，谁也不愿意到番禺当地方官。吏部只得把素有贤名、不畏强权、胆识过人的道同派到番禺做县令。

道同上任以后，严厉惩处了几个首恶分子，使番禺百姓过上了比较安宁的日子。可是，好景不长。不久，永嘉侯朱亮祖被朝廷派到番禺，镇守广东。朱亮祖来到番禺以后，自恃为朝廷重臣，位高权重，所以骄横跋扈，不可一世。

当时，番禺县的一伙土豪恶霸，因强购珠宝，与人争执，伤人致死。道同经过仔细调查，掌握了确凿的证据，把他们抓入大牢，判以重刑。

那些人的家属暗地送给永嘉侯朱亮祖很多珠宝，求他出面疏通，开脱罪责。朱亮祖很高兴地收下礼物，又在官衙备了酒菜，宴请道同。酒席桌上，朱亮祖满不在乎地对道同说：

"那伙倒卖珠宝的，我已经答应放了。你回去就办办吧。"

道同霍地一下站起来，拱了拱手，严肃地说："大人是朝廷重臣，当知朝廷法度，犯法服刑，怎么能随便私放呢？"

朱亮祖见道同一个小小县令竟敢当面指责自己，立刻沉下脸来，撤去酒席，让差人把道同赶出了大门。随后派家将带人赶到县衙，打散人役，劫走那伙犯罪的土豪恶霸。朱亮祖抢回人犯后，仍觉不解恨，又找借口把道同抓起来狠狠地打了一顿，才算罢休。

土豪恶霸们见朱亮祖如此为他们撑腰，争着给他送礼行贿，更加肆无忌惮地行凶作恶，欺压百姓。

面对目无法纪、气焰嚣张的朱亮祖和那些以朱亮祖为靠山的土豪恶霸，道同非常气愤。但是，自己官卑职小，无法惩治朱亮祖，于是他就连夜赶写奏章，把朱亮祖在广东的罪行，一桩桩、一件件都上报给朝廷。朱亮祖知道道同可能有此举动，便采取恶人先告状的办法，派人把诬陷道同诽谤朝廷、辱骂公侯、欺压乡绅、草菅人命的奏章，先行送入京城。

明太祖朱元璋看了朱亮祖的奏章以后，非常生气，马上派专使到番禺处死道同。

又过了两天，明太祖才收到道同揭发朱亮祖的奏章，知道自己上了朱亮祖的当，错怪了道同。于是，又派专使日夜兼程赶往番禺，赦免道同。

但是，道同已被处死，不能复生。

番禺百姓对不畏强权，严惩民贼的道同十分怀念。他们纷纷用木头刻了道同的肖像，当作避邪除恶的神灵供奉在家中，随时焚香祭拜。

◆ 道同不畏强权、胆识过人、严惩民贼的精神为百姓所称颂，是我们学习的榜样。

30. 破除迷信的戚贤

戚贤是明朝浙江归安知县。他爱民如子，惩恶易俗，为归安百姓做了许多的好事，受到百姓的一致赞誉和爱戴。

就在他刚刚就任归安知县时，归安遇到了一场多年未见的大旱灾。

伏天的太阳，火辣辣地烤得地里冒烟。久旱之后，地里的庄稼干枯发黄，连田地都干出一条条裂缝。百姓担心再旱下去，粮食颗粒无收，又得逃荒讨饭，急得呼天号地。于是，归安县里一些地痞无赖就勾结"萧总管"神庙的庙祝，到处散布说："萧总管"十分灵验，有求必应，只要拜求"萧总管"，天将降雨。然后，他们四处张罗，敛聚百姓钱物，集中到"萧总管"庙，名为拜神祈天求雨费用，实则大部分都由他们私分。

百姓不知内情，信以为真。个个手持香烛，抬着祭物，虔诚地向"萧总管"叩头行礼，长跪祈求。

戚贤见百姓如此信奉"萧总管"，决定让事实教育百姓，所以也未加制止。

一连过了三天，不但滴雨没有求到，天气反而更加闷热，气温更高。有些跪着求雨的百姓已经中暑晕了过去，人群中有的年轻人耐不住性子，私下嘀咕说："还说是有求必应呢？都求了三天了，连一滴雨都没下……"

戚贤见百姓受人愚弄，都跪在庙里求雨，任由庄稼旱着，不想小法浇灌，十分痛心，也非常着急。他决心惩治那些乘人之危，骗人钱财的地痞无赖和庙祝。

他当着百姓的面，指着"萧总管"的鼻子，厉声指责说："你既然是神，受人供养，又很灵验，就应该替百姓消灾除害，如今地里的庄稼旱得都快着火了，大家跪求了三天，至今滴雨未见，百姓供奉你有什么用？"

跪着求神的百姓，不知戚贤是谁，竟敢如此指责神灵，一时都惊呆了。有些人听了戚贤的话，不由得暗暗点头，觉得很有道理；有的人半信半疑，却也佩服他的胆量；还有的人认为戚贤亵渎神灵，是大不敬，出面反对他。戚贤见此情景，大声喝令："来人哪，给我把这个没用的'萧总管'扔进河里，用水泡起来！"跟随的差役抢上前来，扳倒"萧总管"神像，又在它的脖子上绑上大石头，抬到附近的河边，把它沉入河底。

在场的百姓，见戚贤这样对待神灵，都很害怕，戚贤就安慰他们说："大家不要怕，如有灾祸自有本县担当，请大家赶紧回家浇地，抢救庄稼去吧！"

几天过去了，戚贤不仅没有灾祸降临，天还下了一场透雨。从此，百姓再也不迷信"萧总管"了。那些靠

"萧总管"骗人钱财的地痞无赖和庙祝，见戚贤断了他们的财路，非常生气，总想找个机会报复。

一天，戚贤带着差役乘船下乡视察灾情。突然一声水响，一个硬邦邦的"人"被抛入船舱，砸在闭目沉思的戚贤身上。迷信的差役以为神灵降罪，惶惶不安。戚贤睁眼一看，见是已被投入河底的"萧总管"神像，知道是有人暗施诡计，于是，大声喝令："把这个神像送到岸上，立即烧掉。"同时暗中命令两名干练的差人，带着锁链，藏在河边隐蔽处，伺机逮捕从水中上岸的人。

当戚贤的船离开出事地点以后，果然有两个人从水中探出头来，游到岸边。差人把他们逮捕，押到县衙。他们供认了借助神灵骗钱，制造混乱打击报复知县的罪行，受到了应有的处罚。

◆ 戚贤因为能够急民之所急，忧民之所忧，破除迷信，惩治坏人而得到归安百姓的尊敬和信任。

31. 治理黄河的潘季驯

潘季驯，字时良，号印川。明朝湖州府乌程县人（今属浙江省湖州市吴兴区），明朝治理黄河的水利专家。

黄河是中华民族的摇篮。自古以来，黄河几乎年年泛滥，给两岸百姓不知带来了多少灾难。历朝历代的官府任命了许多治黄官员，主持治理黄河水患，其中最有名的要数明朝总理河道的金都御史潘季驯，他为国为民呕心沥血，在治黄工程上付出了二十七年的心血，取得了令人瞩目的成绩。

明朝自成祖朱棣迁都北京以后，每年要从江浙一带调集四百多万石粮食，通过运河北运入京，供军需民用。因此，漕粮和运河是明朝历代君王关心的大事。而运河的命运又与黄河紧紧地联结在一起，所以明朝政府不得不派干练的官员主持黄河的治理工作。

嘉靖四十四年（1565年），潘季驯被派来治理河道。他看到黄河堤坝不整，缺口处处，河床泥沙淤积越来越多，心里非常着急。

他为了找到一个能够真正防止河患的方法，亲自到海口踏勘，并沿黄河、淮河和运河两岸走访，虚心地向当地官吏、居民、船工、渔民请教。

有一次，他乘小船在黄河中勘测，遇上了大风。小船在涡底、浪尖上颠簸，几次差点就倾翻在水中。处此险境，他仍不忘测量工作。后来，幸亏小船挂在树上，他才得以脱险。

潘季驯经过辛勤的调查研究，终于找出了过去屡次治河失败的原因，重新制定了一套切实可行的治水方案。

那时黄河的主道还是从兰考夺汴河水道东流，经沛县、徐州、邳县、宿迁，在淮阴与淮河汇流，出云梯关入海。大体上与今天地图上的淤黄河故道相同。那时的黄河不仅逼近运河，而且从淮阴到徐州一段黄河水道也就是运河水道。黄河不断地决口泛滥，不仅给两岸人民带来深重的灾难，而且直接影响到漕运的安全和北方的军民食用。

潘季驯以前主持治黄的人，治理黄河的目的只是为了保住运河，保持漕运。所以他们在黄河北岸修筑长堤，有意拦河南行，以保护东边的运河。对淮阴以下的淮河决口也不堵塞，只当它是分疏河水的入海通道，使黄、淮两岸的百姓年年遭受水患的威胁，年年闹水灾。

潘季驯坚决反对这种不顾百姓死活的治水方法，他在呈给皇帝的奏疏中提出了一个"民生运道两便"的积极治河方针。他认为过去采取分疏的方法，虽然减缓了水势和水速，便于河水的宣泄，但是因为水流太缓，黄河所挟带的大量泥沙沉积在河的下游，使河道升高，淤塞更严重，更容易泛滥成灾。治理黄河的关键应该是速水归槽，以水冲沙，保持河道畅通才对。

于是，潘季驯在调查研究的基础上，设计了一个完整的束水防患系统。他的设计包括"束水归槽"的缕堤，离缕堤二三里之外的遥堤，两堤之间的格堤，以及缕堤之内起加固作用的半月形、两端接缕堤的月堤。各堤之中，缕堤是关键，要坚固，能顶住河水的冲刷，遥堤是屏障，格堤是缓冲，三道堤坝构成三道防线，给野马似的黄河戴上了笼头。为了固土固堤，潘季驯还计划在河堤上栽柳树，植芦苇，种茭竹。

计划上报朝廷得到批准以后，潘季驯立刻调集河工，亲自在工地督理施工。黄、淮两岸百姓深受水患之害，见潘季驯身为高官，为了治河还与百姓一起铲土挖泥，修筑堤坝，都很感动，纷纷来到治河工地干活。

隆庆四年（1570年），当潘季驯所设计的河防工程即将结束时，突然连日刮起大风，下起暴雨，紧接着山洪暴发，滚滚的洪水，倾泻而下，河水漫过坝顶，新修的堤坝多处决口。河防工地和附近州县的官吏、民夫、百姓十分惊慌，纷纷弃家，准备逃命。这时，潘季驯正患背疽，躺在床上休息。他闻讯赶紧忍痛包裹了伤口，赶到工地，亲自督率民工，抢堵决口，化险为夷。

潘季驯为了治理黄、淮水患，付出了他毕生的精力和心血。万历十八年（1590年），他已经是一位七十岁的

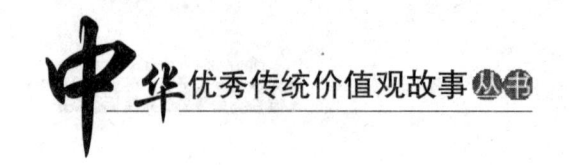

老人了，仍然拖着骨瘦如柴、劳累咯血的病躯，拿着畚锸，与民工们一起在泥泞的徐州河防工地上劳动。

作为一位封建社会的河道总督，潘季驯不贪赃，不枉法，不辞辛劳，一心扑在治理黄、淮水患上，这样的高官是难得见到的。更何况，他治河的成绩也是很卓著的。万历初年，黄、淮"横流四溢，经年不治"，两岸百姓流离失所，遍地黄淤。经他治理之后，"一岁之间，两河归正，沙刷水深，海口大辟，田庐尽复，流移归业"，使黄、淮、运河保持了五六年的安定，百姓得以安居，漕运能够畅通无阻。他总结治理黄河的理论和丰富的实践经验而写成的《河防一览》一书，更是我国古代的一部伟大的水利著作。

◆ 在潘季驯治河三百年之后，一些具有现代科学知识的西方水利专家兴致勃勃地向当时的清政府提出了"采用双重堤制，沿河堤筑减速水堤，引黄河泥沙淤高堤防"的方案，并颇为自得地撰写成论文发表，引起了国际水利界的一片关注。不久以后，他们便惊讶地发现这不过是一位中国古人理论与实践的翻版。世界水利泰斗、德国人恩格斯教授叹服道："潘氏分清遥堤之用为防溃，而缕堤之用为束水，为治导河流的一种方法，此点非常合理。"高傲的西方人这才开始对中国古代的水利科技产生了深深的敬意。

32. 恤民治国的明成祖朱棣

明成祖朱棣，是明太祖朱元璋的第四子。1370年，朱棣被封为燕王，十年后到北平赴任。由于他颇多建树，筑城屯田，很快发展成势力最大的藩王。明太祖去世后，皇太孙朱允炆继位，这就是建文帝。建文帝继位后与身边大臣着手削藩，朱棣当然是削藩的主要对象。1401年，朱棣为了保住自己的权势，以"清君侧"为名，起兵南下，与建文帝展开了四年争战，历史上称作"靖难之役"。1402年，朱棣带燕兵攻入南京城，建文帝下落不明，朱棣在文武大臣的劝谏下登上皇位，后被谥为"成祖"。

明成祖朱棣是一位杰出的政治家，很有作为。他在加强统治的同时，也能了解人民的疾苦，注意人民的休养生息，在很大程度上缓解了阶级矛盾，促进了经济的发展和社会的进步。

"靖难之役"的四年中，河北、山东和河南三地饱经战争之苦，遭到很大破坏。战争结束后，经济萧条，人民生活极其困难。明成祖了解到这些情况后，责成户部根据不同情况，将这三地的赋役分别减免三年、二年、一年或一半，极大地减轻了人民的负担。明成祖还命当时的铸币机构宝源局制造大批农具，提供给这些地方使用，并让在战争中逃亡迁徙的人们回到原籍定居，重操旧业。政府为这些人发放种子、耕牛和农具等物品，鼓励他们恢复生产。明成祖让地方官吏每年在农闲之时关心农业发展，兴修水利，消灭蝗虫，改善生产条件。每逢有饥荒发生，他都及时组织赈济。

明成祖十分重视了解民情，他不让自己的儿子朱高炽待在宫中，经常派他到各地去视察，了解地方的情况。有一次，朱高炽奉父命到河南视察，他目睹了那里百姓的贫困生活。在一家农舍里，他看见大人穿得衣衫褴褛，小孩光着身子，一家人以糠菜窝窝充饥，饿得瘦骨嶙峋。面对这凄惨的场景，朱高炽流下了热泪，他让当地的官府立即进行周济。回到京城后，朱高炽将自己的所见所闻如实向父亲做了汇报。明成祖听完儿子的介绍后，马上把户部大臣叫来，训斥道："河南百姓遭受饥饿之苦，有司不据实报告，还谎称那里丰收，怎么这样欺君蒙上！"事后，明成祖下令对当地官吏严加惩处，并且通报全国各地方衙门，对此后民间发生水涝、旱灾和其他灾害不如实上报者，一律治罪，决不宽容。

明成祖鼓励臣下说真话，反映实情。有一年，他让吏部把州县任满到京的官吏选拔出一些能力较强，知道爱护百姓的人留在各部办事，让他们上言如何治理州县之事。可是过了很久也没有人上言奏事。明成祖便将管纠察的官员叫来，对他说："你去告诉他们，我是很想了解各地利弊的，他们都从下面来，应该了解下面的情况，怎么过了这么久还没人上言呢？难道郡县之中真的就没什么厉害可说吗？"

他后来对大臣说："我一个人的才智，管理如此多的事情，怎么能事事不忘，事事处理得没有失误呢？拾遗补过是你们的责任。"

明成祖深知"人君一衣一食，皆民所供"的道理，因此他能遇事为百姓着想，生活俭朴，不尚奢侈。

有一次，通政司官员向明成祖报告，说山西有人上报介休县出产五色石，用来制作的器皿十分好看。明成祖听说后，面露不快，厉声说："这个人一定是想当官。这些年来打仗、灾荒，百姓的生活够苦的了，难道还要给他们增添负担吗？要知道，官府求物，百姓就要受害，更何况五色石这东西饿了不能吃，冷了不能穿，为什么要为它而累害百姓呢？你把这人给我打走。"

还有一次，外国人送来一对玉碗，明成祖对礼部大臣说："我们中国的瓷器，洁净光亮，我很喜欢。玉器府库里也有玉碗，我并不用。今天如果接受了他的，将来大家必定会跟着学，这对国家有什么好处呢？"于是把玉碗退还了来使。

作为国君，为了减轻百姓的负担，明成祖节俭到了令人难以想象的程度。他的衬衣袖子破了也不舍得换件

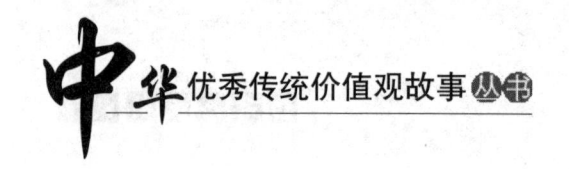

新的。一次，他和几个大臣在一起议事，破旧的衬衣袖子露了出来，他几次把袖子塞进去，几次又掉出来，他叹口气说："我要什么都会有的，就是一天换十件新衣服也能做到。但是人在福中要知福，懂得俭省。我的母亲当初身为皇后，也总是自己缝补旧衣穿，我实在不敢忘记过去。"说完落下了眼泪。

◆ 在明成祖统治下，明朝的经济有了很大发展，人民生活逐渐得到改善，各方面事业均有较大起色。在他统治期间，明朝政府政治上比较清明，文化进步，《永乐大典》编成，培养外语人才的"四夷馆"开办，郑和七下西洋，大运河得到治理，明成祖五次北征巩固了北部边防，这一切都反映出明成祖的卓越才能。

33. 不谋私利的王翱

王翱明代大臣，字九皋，出生于今河北省孟村县王帽圈村。永乐十三年进士，授大理寺左寺正，左迁行人，宣德初擢御史，英宗即位，升右佥都御史，出镇江西，惩贪治奸，七年冬督辽东军务，景泰四年为吏部尚书，天顺间续任，为英宗所重视，称先生而不呼其名。王翱一生历仕七朝，辅佐六帝，位高权重，门生故旧满天下，却始终保持廉洁公正、不谋私利的本色，成为声名卓著的一代名臣。

不受私礼

有一次，皇上派王翱去两广总督军务。临出京时，王翱进宫向皇上辞行，皇上身边的一位老太监出于对他的敬重，一定要把四颗西洋明珠送给王翱。王翱坚辞不受，这个老太监跪在地上，哭着说："这些明珠绝非收贿所得，这是先皇将郑和下西洋所购西洋明珠分赐给身边近臣时，赏给我的。我一共得到八颗。现在将一半相赠，是为了纪念我们相交一场。"

王翱见老太监一片诚意，不忍相拂，只得暂时收下，以待回京以后再作处理。王翱回到家中将老太监所赠明珠，交给夫人，说明缘由，郑重收藏起来。

　　过了些时候，王翱又被调回京城，担任吏部尚书，他马上进宫看望那个老太监。不料，老太监已经病死多日。王翱经过反复考虑，决定用那四颗西洋明珠来资助老太监的家人。他派人到老太监的家乡去寻访，终于找到了老太监的两个穷侄子。王翱对他们说："你们的叔叔在世的时候在宫中当差，很辛苦，没有多少时间照顾你们，你们的生活一定有很多困难吧？"

　　那两个侄子局促地小声回答说："是的。"

　　王翱又和颜悦色地对他们说："你们回去看看，如果有地方可以经营生意的话，我可以帮助你们。"

　　过了几天，那两个侄子来回话说，已经找到了一个店铺，可以做些杂货生意。王翱派人去看了看，认为挺合适，就把保存的那四颗西洋明珠拿出来，作为他们叔叔的遗产交给那两个侄子，让他们变卖以后作为资本，做生意谋生。

不讲私情

　　在封建社会里，裙带之风十分盛行。一个人做了大官，其亲朋好友纷纷投靠也都能谋个一官半职，得些好处。

　　王翱主管吏部十五年，官高爵显，手握人事安排调动大权，却从不讲私情，为自己的亲朋好友、故旧门生开后门。

王翱有个女儿，聪慧、美丽、善解人意，最受王翱夫妻宠爱。女婿在京郊做官，家住在离京城很远的郊区，交通很不方便。老夫人想念女儿，时常去京郊接女儿回娘家小住，来来去去非常辛苦，几次跟王翱说，想把女婿调到京城里来做官，王翱都不答应。

一天，王翱的女婿进京办事，听同僚说，京城户部衙门最近出了一些空缺，有的与其现在的官职也很相近，就想趁机调回京城。回家以后，王翱的女婿把这个消息告诉妻子，并对她说："你父亲主管吏部，把我从京郊调入京城本来就易如反掌。现在户部又出了空缺，补别人也是补，何不让你父亲把我补了这个空缺，调回京城，往后你母亲也不必接来送去那么辛苦了。"

王翱的女儿素知父亲的为人，十分犹豫，不敢开口，但是经不住丈夫的反复劝说，还是进京把这个想法跟母亲说了。老夫人觉得这也不算过分。当晚，她特地精心准备了几个酒菜，烫热了酒，趁王翱喝得高兴的时候，婉转地把女儿、女婿的请求提了出来。

王翱一听，勃然大怒，气愤地说："当官应思报国，选官用人乃国家大事，怎能专营请托，顾及亲情呢？夫人与我相濡以沫，为什么还要破坏我的家法家规？陷我于不忠不义？"王翱越说越生气，拿起酒杯就向夫人摔了过去，把夫人的脸都打伤了。

女儿、女婿见王翱态度坚决、明确，根本不可能为自己开后门调转，也就死了心，再也不提返回京城的事了。

就这样，直到王翱去世，他也没有把女婿调到自己身边来，使他们承欢膝下。

◆ 做人应像王翱一般，公正廉明，不谋私利，即便是家中亲人求情，也不为所动。

34. 为民请命的况钟

况钟是明朝人，字伯律，号龙岗，又号如愚，曾做了九年书吏，十五年京官，直到宣德五年（1430年）才出任苏州知府。在苏州，他勤政爱民，廉洁公正，深得民心，苏州百姓一再挽留，连任十三年，称他为"况青天"。

为民请命，削减田赋

宣德五年（1430年），在吏部尚书蹇义、礼部尚书胡荧和内阁首辅杨士奇的一致推荐下，况钟被任命为苏州知府。

当时，苏州、松江、常州、杭州、西安、武昌、温州、建昌、吉安九府被称为"雄剧地"。那里的政务、赋税、治安等方面问题都很严重。

况钟出京赴任之前，明宣宗朱瞻基特地颁给况钟敕书，告诫他说："国家之政，首在安民。对于百姓要以保养为务，察其休戚，均其徭役，兴利除弊，一顺民情。"

宣宗还允许况钟对违法害民者，立即据实奏闻；对作奸犯科者，马上逮捕，差人押解进京，论罪惩处。朝廷的重用和信任，使况钟感到非常高兴，同时也使况钟意识到苏州现存问题的严重程度。

况钟乘车南下。刚入苏州府境，就碰到一群外出逃难的百姓，携妻抱子，担着几件破衣烂衫和家具结伴同行，到外乡去寻找活路。交谈之下，况钟了解到，农民赋税负担太重是迫使他们背井离乡的主要原因。

其实，苏州地处江南，土质肥沃，物产丰富，农业生产十分发达。只是历代朝廷都将苏州定为财政税收的重点地区，再加上明太祖朱元璋因为苏州是张士诚的统治中心，反抗过他，所以把苏州的富户迁到凤阳，有意加重苏州的田赋，加以惩罚。

当况钟接任苏州知府时，耕地面积仅占全国百分之一点一的苏州府，要缴纳夏税秋粮二百八十一万石，占全国总数的百分之九点五。

苏州百姓无法负担这样沉重的赋税，纷纷逃亡。仅太仓直隶一州从洪武二十四年（1391年）到宣德七年，四十年的时间里，人口就从八千九百六十六户减少到一千五百六十九户。况钟经过仔细核对以后，发现其中还有一半是虚报的，实际人口只剩七百三十八户了。

因为苏州官田数量很大，每亩官田所交的赋税要超过民田的十四倍，而且粮赋还要自行运到北京、徐州、淮安、南京、临清等地去交纳。其运费、损耗要超过粮款的四倍，苏州农民哪能不穷，哪能不逃呢？

况钟为了速解民困，制止农民弃家逃亡，到任的当月就上奏朝廷，请求根据减赋诏的规定免除苏州赋税粮七十二万一千一百石。户部因为数目太大，怕影响朝廷收支，没有同意。

于是，况钟又一次上疏请求减免苏州的秋粮，并直言不讳地说："皇上在赦书中明确提到要减免苏州粮赋，现在如果不减，就是违抗皇命，失信于民。"

他还上书请求豁免抛荒浮粮十四万九千五百一十石，及宣德年间苏州的欠赋折收款。

况钟为民请命，连续三次上书户部都没同意。直到宣德七年（1432年），宣宗在文华殿议事，准备在全国范围内再次核减税粮时，才知道况钟三次上书，都被户部驳回这件事。宣宗十分震怒，命令内阁首辅杨士奇立刻拟定诏书，颁发全国，减免粮税。

况钟的努力，终于有了结果。从此，苏州每年可以减少赋税一百五十万石，这对苏州百姓来说，真是一件大好事。因此，苏州百姓都把况钟比作爱民如子的包公，称他为"况青天"。

清军籍，释放平民

明朝时，军籍和民籍是分开的。军户是兵役的承担者，他们主要由三部分人组成：一是过去"从征"的老

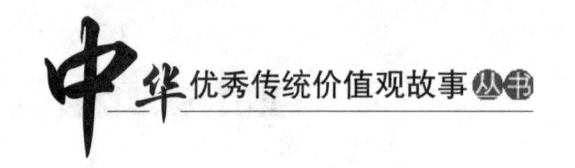

兵；二是收编的归附部队；三是因犯罪"谪发"充军的人。军籍世袭，父死子补，这个办法很不得人心，士兵逃亡的事经常发生。从而造成军籍混乱，也在一定程度上影响了军队的战斗力。

宣德三年（1428年），明宣宗派御史和给事中按照《清军条例》到各地清理军籍。派到苏州的是御史李立和给事中孙确。

李立为了向朝廷表功，与苏州府同知张徽合谋，巧立名目，滥施酷刑，把不少民户定为军籍。

张徽在清理军籍时，为避开其他官员耳目，特意搬到交通比较闭塞的同里镇审理，还在堂上公然贴出"敢有违者，罪在必死"的布告，威吓百姓。

在审理时，张徽只问一句话："你是情愿当兵，还是愿意做鬼？"被审问的人也只能回答"愿意当兵"，否则一顿毒打之后，仍被报作军籍人丁，解赴卫所，充当士兵。

那时，苏州府有一个士兵，在战争中受伤而死。家中的年轻妻子因为无儿无女，又无恒产，无法生活，只得改嫁给一个裁缝。两年后这个女人生了一个儿子。按照《清军条例》其子本不应列名军籍，但是，负责清理军籍的李立、张徽硬将其拘捕到案，说他是"军籍民胎"，必须顶替死去的士兵，去到卫所当兵。

当地里老，按照《清军条例》的规定，为裁缝之子说话，不赞成将其列入军籍。李立就命令差人对里老施以酷刑，百般勒迫，最终还是将其报作应继人丁，解赴卫所。

况钟到任以后，裁缝夫妇和许多被冤断军籍的百姓一起，拦路告状。

况钟经过复查，发现他们基本上都是民户。于是上奏朝廷，请求另派公正的御史、给事中等官员，会同地方上的府、县两级官员，依据颁布的《清军条例》重新清理军籍，并把李立、张徽在清军问题上的罪行也上报给朝廷。

宣宗见到奏折以后，十分震惊，立刻派刑部左侍郎成均到苏州重新复查。

由于况钟的奏请和力争，苏州府清军中存在的问题得到了纠正。第一次复查就免除了被冤断的一百六十人的军籍，另外还明确了一千二百四十人的军籍仅限本人，不得株连追捕他人。第二次复查后，又使苏州府被冤为军籍的平民全部恢复了民籍。

与此同时，况钟还对冒充军籍、贿改军籍等问题进行了清理，使清军工作走上了正轨，从而平息了由于李立、张徽枉断军籍而激起的民愤民怨。

◆《明史·况钟传》中评价他："钟刚正廉洁，孜孜爱民，前后守苏者莫能及。钟之后李从智、朱胜相继知苏州，咸奉敕从事，然敕书委寄不如钟矣。"

35. 忠心为国的年富

年富，字大有，安徽怀远人。年富历事明成祖、明仁宗、明宣宗、景泰帝和明宪宗五朝，先后在地方和中央部门任职。他本姓"严"，因人错称为"年"，遂改"严"为"年"。他从县学教官做到京师高官，始终保持清正廉明、体恤百姓的风格，是人人称颂的贤臣。

明宣德三年（1428年），年富由于政绩卓著，由县学教官提拔为吏科给事中，主管侍从、规谏、补阙、拾遗、稽查六部百司之事。他上任后，积极下乡了解情况，陈奏民间疾苦。年富调查中发现，当时江南百姓多无田产，只好租种富人的田地耕种，每年佃户都要交纳很重的田租，地主再向国家纳税。但遇灾年，国家下令减免税粮，地主不必向国家交纳过多的税粮，而佃户的田租却没有减少。国家的政策只恩及了地主，佃户的负担却丝毫没有减轻。政府遇到灾荒往往没有现粮赈济灾民，而豪门大户则囤积居奇，从中牟取暴利。于是年富便向国家政府提出建议：今后遇到灾荒，政府向穷人发放借券，借富人粮食度日，年成好时归还，富户必须按平价卖粮，政府可免去富人杂税，作为借贷利息。这样一方面保护了地主阶级的利益，又可减轻普通百姓的负担。

正统九年（1444年），年富升任河南右布政使，正遇上河南遭灾。他上任后立即调拨大批粮食，救济灾民。后来他又任右副督御史兼大同巡抚及军务提督。为了减轻百姓负担，他向朝廷请求减免税收，又罢各地税课局，促进商业发展。使百姓得以休养生息，度过灾年。因而受到百姓的称颂。

年富针对国家出现的弊端秽政，坚决实情上奏，请求革除。早在永乐年间，北方蒙古族的一些首领往往率众投降明朝，朝廷则给予高官厚禄安抚，这些人杂住京师，不但浪费国家资财，而且会影响社会安定。年富上奏朝廷，请求将他们遣还故土，以解他们思乡之苦，也消除了隐患。

明朝很重视佛、道，对僧道给予宽松政策，免去各种徭役、赋税。一些人于是便冒充僧道，逃避赋役，成为一个寄生阶层，加重了普通百姓的负担。甚至有的冒牌僧人娶妻生子，伤风败俗。年富针对这种情况请求朝廷检查各地寺观，对冒充之徒勒令还俗复业，从而抑制了这一寄生阶层，增加了劳作人口，在一定程度上促进了经济发展。

明英宗时，年富升迁至陕西左参政，总管粮储，计算岁用，筹备军饷。他发现以往各地镇守的一些将领不

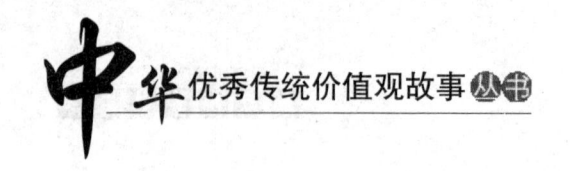

顾国家负担沉重,灾害严重,一味请求增加军饷的供济,已成为很大的负担。他便上报朝廷请求裁减军队冗员,淘汰老马,缩减开支,杜绝弊端。

明初时,朝廷在北方设立三个军事重镇,抵御蒙古人侵袭。这三边重镇的粮草自然要依赖内地供应,每年都要集中大量人力、物力、财力长途运送粮草,百姓苦不堪言,一些奸恶之徒又乘机从中渔利。年富为了革除弊端,严格审核,根据路程远近,重新确定征派赋税的数目,粮食出入严格核对,避免豪猾营私谋利。

年富对于贪官污吏十分憎恨,总是不畏强权,坚决予以斗争。他发现一些边疆将校往往强迫军士为自己开垦田地,有的多达三四千亩,但所获粮食却不向国家交税。年富立即将此情上奏,请求国家令他们依律纳税,成为定制,朝廷虽采纳此建议,但只收少量赋税。

朝廷权贵武清侯石亨等人大肆贪污军饷,皇亲宗室襄垣王朱逊燂王府里的菜户、厨役代理教授以及朝中大臣的不法行为,年富都向朝廷一一揭露其罪行,予以惩处。英国公张懋及郑宏在边境购置田产,抢占民田,役使大量边军耕种,逃避国家赋税,年富得知即上奏弹劾,结果两人受到惩处,边军回归军队。由于年富刚直不阿,不畏豪强,威名远播,使一些奸官恶豪不得不有所收敛。

年富跟朝中权贵进行坚决斗争,受到他们恶毒攻击,但一些正直的官员纷纷站出来维护他,年富才得以留任。但在景泰八年（1457年），景帝患病，石亨等人发动"夺门之变"，拥英宗复位，他们借机杀掉清官于谦，又陷害年富。英宗被他们蒙蔽，将年富下狱，后经大学士李贤提醒，才令年富脱狱回乡。第二年，又经众人推荐，重新启用年富。

此时，朝中奸党石亨、石彪等人因谋反治罪，依律处治，清除了奸恶势力。年富被任命为户部尚书，主管全国财政大权。年富忠心报国，有关钱粮收支大事，他必亲自过问，防止吏官从中谋私，并主动承担责任。因此，自从上任后，户部的政绩卓然，风气日正。

年富以国家之事为己任，对户部之外的事情，只要关系到国家，就一定要管。明宪宗时，陕西频繁用兵，但军队粮草却督办不利。年富便上奏请求罢免左布政孙毓，起用右布政杨璿、参政娄良、西安知府余子俊。这本是吏部的事，吏部尚书认为年富越权，但年富说："我为国荐贤，没有任何私心。"由于他确实是为公荐贤，宪宗还是听从他的建议，罢免了孙毓。

◆ 年富一生忠心为国，兴利除弊，不畏权贵，历经劫难，不改初衷，这种精神很值得我们钦佩。

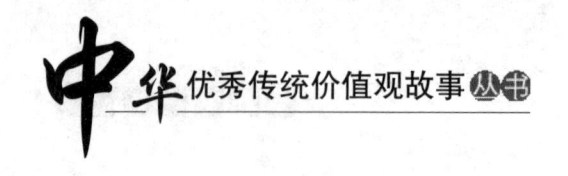

36. 江南放粮的姚广孝

姚广孝,元末明初政治家、高僧、诗人,明成祖朱棣自燕王时代起的谋士、靖难之役的主要策划者。他出自显赫的吴兴姚氏。元至正十二年(1352)出家为僧,法名道衍,字斯道,自号逃虚子。

明朝永乐二年(1404年)五月,素称鱼米之乡的江南,笼罩在一片乌云之中,一阵雷声响过,瓢泼大雨倾泻而下。转眼之间,沟满壕平,大地变成一片汪洋。雨,一天天地下个不停,地上的积水越来越深,没过地里的庄稼。躲在家里的农民害怕了。他们跑出家门,来到地里拼命地踏动水车向外排水。但是,雨下得太大,到处是水,地里的水已经无处可排了。农民望天而哭,年轻力壮的人采摘菱、荇、藻类杂以糠皮充饥;老人和小孩到城里讨饭;有些人,实在忍受不了饥饿的折磨,就投河自尽了。

这场大雨使江南最富庶的产粮区：苏、松、嘉、湖、杭五府，几乎颗粒无收。

六月，朝廷得到地方官府的灾情报告。明成祖朱棣立即决定开仓放粮，赈济灾民，并把这件事交给了他认为最能干的太子少师姚广孝来办。

江南是姚广孝的故乡。他回到江南，见到故乡灾后的惨况，望着那些挣扎在生死线上的灾民和随处可见的弃尸，心里非常难过。决心在有生之年多为故乡和故乡百姓做几件实事。

这位七十高龄的老人，不顾雨后夏日的炎热蒸晒，奔走于苏州、松江（今属上海）、杭州、嘉兴等各府县之间。他视察灾情，督促和稽查各地官府开仓放粮，赈济灾民，与当地官府一起想方设法帮助灾民度过饥荒。

为了保证赈灾、救灾工作的顺利进行，姚广孝对那些如实报灾、认真赈济的官员给予表彰和支持；对那些谎报灾情，以灾充稔，催办租税的地方官吏，一经查实，立即申报朝廷责罚查办。

姚广孝还协同地方官吏根据灾情的轻重，统计了各府、县应该减免田赋的数量，上报朝廷。使江南五府在当年免去田赋六十万石。农民因此减轻了很多赋税负担，得到休养生息。

姚广孝年老体弱，身居高位，掌握着数以万石的赈灾粮食，自己却经常以身边带着的干粮充饥。

◆ 尽管历史上人们对姚广孝评论不一，但是他为民放粮的功德，江南百姓是永志不忘的。苏州人还特意为他建造祠堂，树碑立传来纪念他呢！

37. 赈灾抚民的王竑

王竑，字公度，号休庵，致仕后改戆庵，谥庄毅，明代甘肃河州人，生于明永乐十年（1413年），他自幼聪明好学，能言善辩，性格刚直，行事果断。二十六岁时，王竑考中进士，七年后拜户科给事中。

正统十四年（1449年），发生"土木之变"，宦官王振挟英宗出征，英宗在土木堡被蒙古大军所俘。王竑站在爱国将领于谦等人一边，严惩朝中奸党，取得了北京保卫战的胜利，使国家转危为安。

景泰二年（1451年）冬，王竑受朝廷之命巡抚江淮地区，不久又兼理两淮盐课。在此期间，他广施惠政，整肃吏制，赈济灾民，政绩卓著。

王竑始终恪守"民本"思想，他常到民间走访，了解下层人民生活的疾苦，严禁下官侵害百姓的利益。

景泰三年（1452年）秋，监察御史王珉前来视察河务，他经常微服出行，闯入平民家中奸淫妇女，搞得当地百姓不得安宁。王珉还倚仗权势，欺压漕运粮官，索受贿赂。一些漕运粮官怕丢掉乌纱帽，大肆贪污公款，

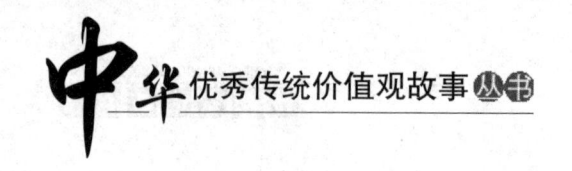

搜刮民财，来贿赂王竑。王竑知道后，立即上书，揭露王珉的秽行，王珉被朝廷削职戍边。

这年正月，黄淮流域天气奇冷，大量农作物被冻死。夏秋之际又连降大雨，洪水泛滥，农田被淹，民房被毁。第二年春天，又发生水灾。百姓背井离乡，四处流浪。王竑一面上书陈述灾情，一面不等皇帝下诏便开仓赈饥。可是仓中贮粮有限，许多灾民仍得不到赈济。这时仅剩徐州广运仓还有余粮，但这是专供京城官民食用的，没有皇帝的命令谁都不能动用。朝廷每年都派宦官和户部官共同典守。灾情严重，王竑来不及请示皇帝，想要打开广运仓赈饥，典守宦官不敢答应。王竑据理力争，他说："民是国家之本，本固国家才能安宁。现在民穷如此，我担心会给朝廷留下祸患，因此才急欲开仓放粮，你们若不答应我，如果发生变乱，我首先要杀掉你们，来谢众怒。然后我再向朝廷请罪。"典守宦官不敢再加阻拦，王竑于是打开广运仓，放粮救济灾民。王竑见广运仓的粮食也仅够三个月用，便上书先自劾专擅之罪，然后请求让在押犯人纳粮赎罪。朝廷接受了他的请求，并派侍郎邹干携带救灾款奔赴灾区，听凭王竑使用。王竑散钱发粮，积极安抚灾民。他又让淮河商船出米济灾，仅此一项措施便救活灾民一百八十五万八千多人。他还屡次劝说富豪家族出米赈饥，获粮二十五万七千三百石，银三千六百七十两，以及钱帛布匹等大量物资，散发给灾民五十五万七千四百七十九户。当时有七万四千三百九十七户农家因缺少农具、耕牛和种子无法恢复生产,官府一律赈给。外地流民也有一万六百余家在此得到安顿。王竑的仁政,获得了广大人民的称颂。

当时,景帝派沈翼携三万两白银到济宁灾区救灾。沈翼散给饥民五千多两后便打算把余下的白银送还京库。王竑看到灾区尚满目疮痍,百姓还没有安业,对沈翼十分不满,他上书弹劾沈翼只知敛财,没有长远打算,若将银子归还京库,势必使皇帝失信于民。景帝采纳了王竑的意见,把剩下的白银换成米以备救灾,并买耕牛给缺少劳力的农民。

此后的几年里,淮河流域仍然天灾不断,王竑为此呕心沥血,殚精竭虑,想方设法抚恤流民。由于他的努力,灾民们忘记了饥荒之苦,全力投入到家园的重建中。

王竑由于秉性刚直,廉正不阿,在官场上几度沉浮。成化元年(1465年),王竑因看不惯官场的恶习,请求辞官,明宪宗极力挽留,但王竑去意已决,宪宗只好同意。

结束了宦海生涯,王竑归乡过着隐居生活,杜门谢客,洁身自好,弘治元年(1488年)十二月,王竑离开了人世,享年七十五岁。明武宗时,朝廷为了表彰他的耿直守义和卓著政绩,追赠他为太子太保,谥庄毅。淮河流域的人民没有忘记他当年的仁政,纷纷为他建造祠堂,祭祀这位赈灾抚民的一代廉吏。

◆ 十一年授户科给事中,豪迈负气节,正色敢言,是一代廉吏,值得大家称颂和学习。

38. 清廉爱民的徐九思

徐九思是明朝人，字子慎，出生在江西贵溪，为明朝孝宗、五宗、世宗、穆宗、神宗五世臣。他为官清正廉明，爱护百姓，深受百姓敬重，是明朝历史上不亚于海瑞的好官。

徐九思是嘉靖十五年（1536年）踏上仕途的。当时明世宗沉溺仙道，懈于朝政，以至于贪风盛行，百姓深受其苦。句容虽直属南京应天府，但吏佐贪占，为非作歹的事情也司空见惯。徐九思上任之后，并未有所行动，许多人都认为又来了一个无能之辈，一些奸恶之徒又开始放开胆子做坏事。徐九思看在眼里，记在心上，不动声色。

三天后，徐九思将一名窃藏公牒、偷盖官印的县吏当场抓获，他召集全体吏官汇集公堂，对抓住的县吏进行公审。徐九思将此人所犯罪行诉说一遍，并宣布要将他严厉惩处。其他吏民急忙上前求情，说不过是受亲戚之托补一公文而已。徐九思不顾众议，坚决依法处置。事情过后，县里的佐吏都知道新老爷执法严明，再不敢营私舞弊，吏风渐渐有所好转。

徐九思为官讲究勤、俭、忍。勤就是勤于公务；俭就是节俭惠民；忍就是不争名利。他就是依据这三字经，治理句容县，做出了突出的政绩。

徐九思对胥吏严加管束，亲自过问公务，防止吏官从中作私。对于县内讼案，他总是命当事人双方及亲属都来到县衙，当堂对质。然后亲自进行周密的调查，掌握准确的情况，做出正确的判断。最后进行判决时，仔细复核前后证词，达成一致才做处断。一旦证词不符，立即质问，查清原因，再做论断。他审案从不用严刑逼供，偶然用刑，也不过使用笞刑，从而避免了刑重造成冤狱。

为了防止由胥吏经办的征税催赋出现偏差，他便亲自过问。首先他将县内乡民的贫富差别、居住情况和赋役轻重状况了解得一清二楚。然后合理分配徭役，对贫弱者采取资助政策，减少赋税。他将各地应交纳的赋税定额著划成册，做到有章可循，童叟无欺。徐九思在审核过程中还查出县内豪强隐占赋额，他都一一究正，使赋归原主；从而减轻了百姓的负担。

以前句容县每到秋后运送赋粮时，县里的吏官都要大大捞上一笔。有钱人家往往为了得到轻活送上礼品贿赂公差，吏官们就根据礼品的多少分配任务，那些无银贿赂的贫民则年年承担重活，这已成了县里的惯例。徐九思了解到此事之后，将由胥吏派差改为抽签进行，并亲自举行抽签活动，防止胥吏作弊。征收赋粮时，徐九思预定日期，命各乡德高望重之人主持此事，不派隶卒下乡，避免吏官从中盘剥。

徐九思为了减轻百姓负担，从不向县里人摊派额外费用，坚持节俭。当时，百姓负担很重，多是由于地方官贪污受贿，另外过客消耗也很严重。地方官对过路的官吏尽心巴结，往往滥用公款大肆宴请，重礼接送。这项庞大的费用开支自然要转到老百姓身上消化，致使各地百姓负担更加沉重。徐九思针对此风，坚决予以抵制。

一次，上面府中属员下县，照例又要大吃大喝，索礼受贿。徐九思假装糊涂，没让他们得逞。这些官吏借酒装疯，到县衙谩骂，徐九思毫不退让，把他们按"咆哮公堂"论处，一一绑缚，打了一顿板子。上面府尹得知此事，怒骂徐九思目中无人，但也无可奈何。

徐九思体恤百姓疾苦，对于摊派的徭役，尽量节俭公用而减少徭役。节约下来的资金，徐九思决不贪占，而是用之于民。句容西部交通要道，年久失修毁坏严重，照例又要征税修路，但徐九思用县里节约的公费为百姓修了路，没用百姓一分钱。他还率领县吏在县衙的园圃里种瓜种菜，养鸡养鸭，连园中水池也放养了鱼苗。园中的收获大大改善了吏佐们的生活，也可以用于过客宴饮，节省了经费开支。

徐九思对自己的名利看得很淡，但是当百姓利益受到侵害时，他却毫不犹豫地起来抗争。一年句容县受灾。以往受灾时，朝廷拔出救济粮到县，县里以平价卖出，粮款上缴。但徐九思认为这样做解救不了真正的灾民，流离失所的灾民已无钱买粮，而有钱的豪民富户却能乘机抢购囤积。徐九思根据这种情况，便将救济粮的一小部分以高于平价数倍的市价卖出，粮款上缴。其余的粮食由他监督在县衙前煮粥救饥，这样有钱者无法趁机投机，无钱的贫民得到了救助。对于那些趁灾拒贷积谷投机倒把者，或结伙打劫者则加以严厉制裁，保护了普通百姓的利益，受到百姓的拥戴。

一次徐九思拒绝任用府尹推荐的巨商之子做教读，认为他无才无学。此事得罪了府尹，府尹和中丞便报复徐九思，贬调他离开句容。消息一传开，句容数千百姓入府请求留下徐县令，他们哭着说："若不是徐县令，我们早就死在路边了。"但府尹不听，仍决定调徐九思去别县。后来吏部尚书熊浃听说，表示怀疑，派人下乡调查，结果上报情况与府尹认定相反，便贬谪了中丞，留任徐九思。

徐九思政绩卓著，于嘉靖二十四年（1545年）调入京师，他离开句容县后，句容县民自发捐资为他建起生祠四五所，表达敬仰之情。

徐九思入京后任工部营缮司。当时朝廷正准备修建一座外城，以抵御北方蒙古骑兵的威胁。但是此项工程迟迟不能开工，原因是工程规划的地基线要经过都督陆炳的家园。陆炳是明世宗奶妈的儿子，一向骄横霸道。

工部官员多主张改址，徐九思则认为改址绕道，恐怕加重百姓负担，坚持维持原定计划，并承担了这段工程。开工前，他来到陆炳家，对陆炳说："过去的大将军霍去病曾说：'匈奴未灭，何以家为？'难道陆将军还不如他吗？"当工程穿过陆炳家时，陆炳虽然生气但却不好发作，于是这段工程顺利完成，还提前了几日，当差的工匠们都十分高兴。

此后，徐九思还做过员外郎、都水郎。他依旧执法严明，不徇私情，更不曲意逢迎上司，对百姓则竭力护佑，造福谋利。他当员外郎时，负责督管清源砖厂，出产的砖则由过往船只捎带入京。一次，九思的上司，将坐大司空的船只路过，司空托人转告徐九思，请求不要装砖上船，徐九思回答来人说："都不能免，这是定律。"于是大司空的船也被装上了砖。

徐九思做都水郎时，严嵩擅权，一次严嵩死党赵文华巡视江南，徐九思由于一心治河，没有前去逢迎，结果得罪了赵文华。赵文华对徐九思怀恨在心，伺机报复，他们到处搜罗罪名，但都是徒劳无功，只好以九思年迈，令其退隐。徐九思听了，笑着说："年迈与否我自然知道，何劳你们考评呢？"然后便回归故乡。

徐九思回到家乡，仍尽力为民造福。他立义田、兴义学，赈济贫民。灾荒之年，则招抚流民，送给耕牛麦种，劝他们耕种。当地百姓十分敬重他，一遇大事，必请徐九思前往主持，才觉得面上有光。

万历八年（1580年），徐九思八十五岁去世。句容县百姓闻听此讯，纷纷前往徐九思祠前祭祠。这时，徐九思调离句容三十五年了。这么长时间过去了，句容百姓还如此隆重纪念他，可见他在百姓心中具有多高的地位，百姓对他有多么敬仰。

◆ 勤、俭、忍是徐九思为官的三字经，也是我们为官和做人值得借鉴的美德。

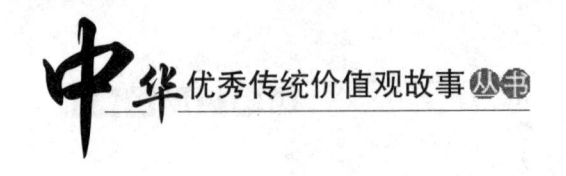

39. 保民斗权贵的蒋瑶

蒋瑶,字粹卿,号石庵,归安(今浙江吴兴)人。明弘治十二年(1499)进士。明朝正德十六年(1521年),进士蒋瑶出任扬州知府。

当蒋瑶携着衣箱、行李,孑然一身来到扬州时,正赶上武宗朱厚照南巡。随行的宦官、侍从打着皇帝的旗号,招摇撞骗,沿途大肆搜刮民脂民膏,弄得天怒人怨,民不聊生。

当他们到达淮安时,因地方官吏供给不如其意,便大施淫威,将郡县官吏捆起来,严刑拷打。淮安府通判胡琮不堪其辱,自缢而死,引起全国震惊。

扬州离淮安不远,也是武宗南巡的必经之地,听到这个消息,扬州文武官员人人心惊胆战,纷纷来找知府蒋瑶想办法。

有的人提议说:"消财免灾,我们就多预备点钱,送给他们吧。"

也有的人认为妄取民财,贿赂权贵,会损民伤廉,不同意采取那样的方法。

蒋瑶听了一阵儿，见众官各持己见，难以统一。于是站起来走到府堂中间说："送给他们钱财要死，不送给他们钱财也是死。与其用百姓的钱财来换取晚死，还不如保护百姓，清廉而死。我蒋瑶决不贿赂这些权宦。"

原来，蒋瑶深知那些侍从和宦官贪得无厌，欲壑难以填满，所以决心以死抗争。

过了不久，太监吴经先到扬州来为武宗打前站。他素闻扬州出美女，便假传圣旨，让扬州府选美女数百人。

蒋瑶明知选美绝非圣意，一定是吴经等人趁机所为。于是，回绝吴经说："我虽然有个女儿，但是远在家乡，现在可没法献出来。你要是想挑选扬州美女，那可不行。我违抗你的意思，自知必死，但是因为选美，而引起民变，这个罪我也承担不起呀！"这一席话，说得太监吴经气结语噎，只得放他回去。

吴经等人放走蒋瑶以后，越想越不甘心，等到夜晚，便派人假称武宗驾到，然后趁百姓点燃街灯恭迎圣驾之机，闯入民宅，强抢民女，关入苑寺之中，勒索赎金。被抢民女又气又怕，自杀而死。蒋瑶虽然非常生气，但是因为他们打着皇上的招牌，所以无法处治他们，只得命人备棺安葬了自杀的民女。

后来，他们又想霸占民宅，做大都督府。百姓告到府衙。蒋瑶据理力争，使他们的如意算盘未能得逞。

明武宗在扬州住了二十天。临走时，那些侍从、宦官，又向扬州索要土产贡物，并且开列了胡椒、苏木等一些奇香异品，想要难住蒋瑶，以便借机勒索贿赂。蒋瑶接到单子以后，佯作不解，对巡抚说："古往今来都是以当地土特产品作为贡物，现在单上所列的东西都非扬州所产之物却要扬州出，我可不知该怎么办了。"

巡抚不敢得罪侍从和宦官们，只得让蒋瑶自己去见武宗。蒋瑶把单上所列各物一一注明产地，呈明武宗。最后武宗就让蒋瑶出了五百匹晒白布，了结此事。

武宗南巡期间，蒋瑶不顾个人生死，为保民护民，竭尽全力与武宗身边的那些侍从、宦官们周旋，才使扬州免遭了一场劫难。

明朝嘉靖年间，扬州百姓为了感谢和纪念蒋瑶，特地在扬州修了一座"遗爱祠"，四时焚香祭拜他。

◆ 蒋瑶正直坚贞，高洁清廉。退休之后，居住在陋巷之中。他深得百姓爱戴，值得后人学习借鉴。

40. 辞官安民的高荫爵

高荫爵，字子和，奉天铁岭人，隶汉军，清朝官吏。康熙初，谒选，授直隶蠡县知县。

中国的历代封建统治者都说："国家张官置史以为民也。"但是，在封建社会能够真正为民的官吏又有多少呢？何况有的时候顾了百姓就会丢了乌纱，丢掉性命，所以敢于抗上保民，为民着想的人就更是微乎其微了。

清朝初年，山东蠡县知县高荫爵就是这少数人中的一个。

康熙年间，高荫爵被任命为蠡县知县。这是一个很难治理的地方。

清兵入关以后，满洲贵族在此打马圈地。该县境内多为满洲旗人村落，民田仅占全县土地的一半。大部分农民没有土地，依靠租种满洲贵族的土地为生，日子过得非常艰难。再加上吏役、勋贵朋比为奸，河水年年泛滥成灾，百姓生活苦不堪言。

高荫爵到蠡时，正赶上当地刚刚遭受了一场特大的自然灾害。数以万计的灾民无衣无食、无家可归。这对于一个初任地方官的人来说，的确是一场严峻的考验。面对县衙外面的大批灾民，高荫爵明确表示："我现在没有时间来处理其他的事，我只能想办法救百姓的命。"

他知道县里的粮仓还存有两万石储备粮，便申牒上官，请求开仓放粮，赈济灾民。几天以后，接到回文，他的请求没有得到批准。他立刻再次申报，又被驳回。高荫爵对于上官不顾百姓死活的做法十分不满，决心冒着丢官杀头的危险，孤注一掷，抗上保民。他一面令人准备开仓放粮，一面第三次修书呈报上官，他在呈文中说："蠡县百姓深陷于水深火热之中，必须尽快救助。上官如不准许开仓放粮，赈灾救民，就请立刻派人来摘印吧！"

上官见高荫爵辞官请赈，怕把事情搞僵，只得准许蠡县发放五千石库粮救灾。数万灾民，仅用五千石粮食赈济，根本解决不了问题，百姓仍可能被饿死。高荫爵左思右想，最后决定将库存的两万石粮全部拿出来救济灾民。属吏看到知县准备多放库粮，提醒他要注意后果。高荫爵激动地说："遇到灾年，百姓没有饭吃，我发出五千石库粮是死，发出两万石也是死。既然都是死，我莫不如先救活我的百姓。"于是高荫爵将两万石库粮全都发放给灾民，帮助他们度过了荒年。私动库粮，在清朝是一项要被杀头的大罪。高荫爵为了救济灾民，甘冒丢官杀头之险，这在当时的确需要极大的勇气才能办到。

为了尽快恢复生产，高荫爵还从县里拿出五百两银子贷给农民，让他们购买种子，抢种夏麦。

夏天，蝗虫为害时，高荫爵带领人役与农民一起灭蝗。秋天，大雨成灾时，他又带着所有官吏与百姓一起打桩护堤。经过一年的苦干，蠡县终于在大灾之年获得丰收，使百姓缓了一口气。

◆ 高荫爵爱民之心，辞官安民之举得到上官的钦佩和谅解，更得到了蠡县百姓的感激和尊敬，他们一致称赞高荫爵是一位难得的好知县。

41. 革除城门税的刘荫枢

刘荫枢（1637—1723）字相斗，别字乔南，晚自号秉烛子，陕西韩城人，清朝大臣。康熙十五年进士，授河南兰阳知县。清康熙三十七年（1698年），户部给事中刘荫枢被任命为江西赣南道，离京赴江西就职。

在上任的路上，刘荫枢看到那些贪赃枉法、盘剥压榨百姓的地方官，使当地百姓一贫如洗，三餐不继，非常愤慨。

因此，他接任以后，第一件事就是告诫属下官吏要清正爱民。他说："你们不是想当忠臣吗？可是你们是否知道什么才是忠呢？忠，就是爱民，真正做到勤政爱民的官吏那才称得上是一个忠臣。"

刘荫枢自己也把勤政爱民，为民排忧解难放在首位，他多次微服私访，考察民间疾苦。在私访中，刘荫枢了解到赣州府扰民最严重，民愤民怨最大的问题就是"城门税"。

当时赣州城，各门皆有兵丁把守，出入百姓，凡携物进城的人都必须交纳很重的"城门税"，否则就不允许进城。而设卡收税的，正是驻守赣州的镇将。这使刘荫枢感到十分为难。

刘荫枢作为道员，本来可以下令革除这项不合理的征税，但是，为了避免"文武相轻"之嫌，搞好与镇将间的关系，他回衙之后，就对镇将进行规劝，想让镇将自己取消"城门税"。没想到镇将吃惯了收税的甜头，口里连声称"是"，回去照样收税。

刘荫枢左思右想，决定施巧计使镇将取消"城门税"。

一天，刘荫枢暗中派遣两名家丁装扮成平民百姓，让一人背着一匹布从南门出，东门入；另一人挑着一担麦子从西门出，南门入。并嘱咐他们，若城门收税，即以布、麦作抵押，然后回衙门来取税金。二人领命而去。

这时，刘荫枢在官衙设宴招待镇将，并邀请赣州知府作陪。酒过三巡，宾主谈笑甚欢。

突然，有两个人奔入花厅，跪在刘荫枢的面前，禀告说："我们奉大人之命，去买布匹和麦子，守城门的人让我们交税，我们没带钱，现在，东西还都押在城门那儿呢。"大家听了都很吃惊。刘荫枢也装作发怒的样子，责问家人说："他们收的是什么税？"两个家人回答道："是城门税。"刘荫枢转身面对镇将等人说："城门税这么厉害，连我这个道员尚且如此，平民百姓又将如何呢？我也无法在百姓面前替你们说话了。"说完，拂袖而起，转回后堂。赣州知府吓得不知如何是好，呆呆地

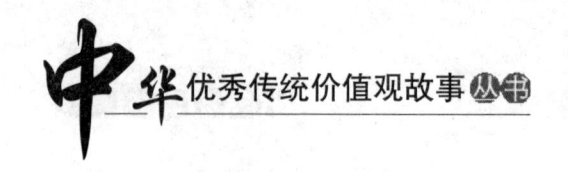

站在桌旁；镇将满面通红，羞愧得无地自容，只得讪讪地告退了。

第二天，镇将便下令革除了城门税。从此以后，赣州百姓进出府城，再也不用为交纳城门税担忧发愁了。

刘荫枢施计革除城门税，为赣州百姓做了一件大好事，受到百姓的拥护和赞颂。

◆ 刘荫枢不仅革除了城门税，维护了百姓的利益，也以友情结交了同事，为以后处理政务打开了局面。这不得不让人钦佩。

42. 惩贪赈灾的刘统勋

刘统勋，字延清，号尔钝，清内阁学士，刑部尚书，高密县逄戈庄（原属诸城）人。刘墉之父。雍正二年进士，授编修，乾隆年间累官至刑部尚书、工部尚书、吏部尚书、尚书房总师傅、内阁大学士、翰林院掌院学士及军机大臣。为官清廉，颇能进谏，参与《四库全书》编辑，并担任《四库全书》正生总裁。乾隆三十八年卒，谥文正。

清朝时，黄河堤坝修缮不利，河道壅塞，堤坝坍塌，河水年年泛滥。当时，人们对黄河水患，大有谈虎色变之感。朝中官员更把受命治理黄河水患，视为畏途。

乾隆二十六年，天降大雨，昼夜不停。黄河在开封杨桥决口。滔天的浊浪，汹涌而出，淹没了大片农田和村舍，百姓死伤无数，灾情十分严重。

乾隆帝接到报告以后，立即派遣大学士刘统勋赶到开封，视察灾情，督导当地官员，带领百姓堵塞杨桥决口，刘统勋到开封以后，一边视察赈灾，一边组织人力、物力，修堤堵决口。可是一连过了好些天，决口还是不能合拢。刘统勋急得坐卧不宁，寝食难安，不断地催促地方官员。

　　一天傍晚，刘统勋头戴毡帽，身穿茧袍，独自走出官衙，来到黄河决口处。他见到数十步远处，秫秸、柴草堆积如山，很多牛、马都系在车辕下，一些人聚在一起议论，其中有的人还在哭泣。刘统勋很奇怪，就向坐在边上的一个中年人询问，那个人说："我们来到这里交草料已经等了好几天了。远的来自四五百里以外，近的也有二三百里。人的口粮、马的草料，加上车的费用，统共只给一两银子，日子长了钱不够用。况且什么时候能让我们回去还不知道呢？"

　　刘统勋说："那么，你们怎么不把草料赶紧交给官府回去呢？"

　　大伙儿见他询问就七嘴八舌地抢着说："这岸的秫秆、草料，归县丞管。他向每辆车索要使费钱。我们没钱送给他，他就卡着不验收。"

　　刘统勋听了非常气愤。回到官衙，立即请出圣旨，传谕巡抚立刻赶到决口处，然后派人把那个不顾百姓死活，勒索钱财的县丞逮捕，也押赴决口处。

　　半夜时，巡抚、县丞及有关官员都已齐集决口处。刘统勋指着堆积如山的秸料，对跪在面前的巡抚等人说："决口一日不能堵住，圣上担一天心，河南的百姓遭一天罪。现在，堵塞堤坝缺口用的秫秆、柴草在岸上堆积如山，却因县丞索贿不遂而不能使用，致使决口迟迟不能合拢，此罪死不容赦。今天就在这里先斩了这个县丞，然后再上奏朝廷请求追究巡抚及各司、道渎职失察的罪责。"

巡抚等人吓得面无人色，叩首不止。天快亮时，由于与刘统勋同到河南赈灾的其他官员的请求，巡抚等人才被释放，戴罪立功。

刘统勋惩治贪污索贿的县丞，警戒其他治河官吏，使他们尽心竭力治理黄河，堵塞决口。结果，仅用了半天的时间，南北两岸的秸车就全部卸完，返回原地。又过了三天，杨桥决口就彻底堵住了。

杨桥决口堵住以后，洪水渐渐消退，百姓逐渐返回家园。他们在当地官府的帮助下，修理房屋，清整田地，开始恢复农业生产。

刘统勋也因为及时严惩贪官污吏，堵住决口，而受到朝廷的嘉奖和百姓的称颂。

◆ 刘统勋一生为官，堪称清正廉洁，秉公无私，在贪黩好货，渔色无厌的官场之中可谓清风独标。"计利应计天下利，求名当求万世名。"刘统勋神敏刚劲，终身不失其正。计天下利，得万世名！

43. 护民惩县令的长牧庵

清朝康熙年间,长牧庵被任命为江苏巡抚。他到任之后,为了体察民情,了解江苏官府中存在的弊端,经常身穿便服,到茶楼、酒肆、店铺中去私访。

在私访中,他听说长州知县贪图财物,虐待百姓,勒索铺户,中饱私囊,干了很多祸国殃民的事。还听说,这个知县怕百姓议论他的罪行,每天夜晚四处游走,一旦听到街市里有人谈话,便认为是在诽谤官府,立刻叫差役带回县衙拷打,一定要让"犯人"家属花银钱来赎,才肯放人。长州知县用这个办法榨取不少民脂民膏,百姓对他恨之入骨,畏之如虎,却又无可奈何。

有一天晚上,长牧庵又改穿便服离开巡抚衙门,正遇到长州知县乘着官轿迎面而来。见到巡抚,他立刻下轿跪在长牧庵面前说:"大人为什么穿着便服在夜间出来呢?"

长牧庵说是出来查夜,并问长州知县要到什么地方去。他也说是出来查夜。长牧庵便吩咐长州知县散去仆从,改换便服与自己同行。

两人顶着月色，在安静的街市上走了一阵，来到一个小酒店。长牧庵带着长州知县进店坐下，对酒保说："我是外地人，来此讨债。借债人不肯还钱，只得在这长州县打官司，只是不知这儿的知县怎么样？"酒保见店内没有其他客人，长牧庵又是外地口音，便把知县那些贪赃枉法，损德败行的事一件件、一桩桩全都说了出来。长州知县坐在桌旁，只盼能有个地洞钻进去，心里不断地咒骂这个多嘴多舌的酒保，决定等巡抚一走就狠狠地收拾他。

出了店门，长牧庵特意装作毫不介意的样子，对长州知县说："这种无知小民，胡说八道，道听途说，你也不必跟他计较。"

然后，两人分手各自回去。长牧庵见知县已经走远，马上折回酒店对店主说："你的酒保闯下大祸了。我是特意来保护你们的。刚才与我一起喝酒的那个人就是长州知县。"

店主和酒保一听都吓得面无人色，瑟瑟发抖。长牧庵安慰他们说："别害怕，有我呢！"

一会儿，县衙里的几个差役冲进酒店，把酒店店主、酒保和装作饮酒的巡抚长牧庵一起锁起来押入县衙。

长州知县怒气冲冲地坐在堂上，喝令被抓来的人跪到堂下。长牧庵用毡帽遮着脸，不肯下跪。长州知县心中生疑，亲自下座，揭开毡帽见巡抚长牧庵脖子上套着铁链站在面前，不禁吓得魂飞魄散，急忙跪下磕头，口中连称"卑职该死"。

长牧庵满脸怒容，对长州知县说："我早就听说你贪赃枉法，残害百姓，今天是亲眼所见，亲身所历，你还有什么可以抵赖的吗？你还是趁早回家，听候处理，以免再危害地方，祸及百姓。"于是，长牧庵命令差役剥其衣冠，收其官印，参奏朝廷将其革职查办了。

◆ 长牧庵酒店护民，严办长州知县的消息传出以后，长州百姓奔走相告，拱手相庆，他们都很感谢长牧庵为长州百姓除掉一害。

44. 天下第一清官张伯行

张伯行，字孝先，晚号敬庵，河南仪封（今兰考）人。生于清世祖顺治八年，卒于世宗雍正三年，年七十五岁。康熙二十四年进士。累官礼部尚书。历官二十余年，以清廉刚直著称。其政绩在福建及江苏尤著。谥清恪。康熙称它为"天下清官第一"。

康熙四十五年（1706年），张伯行调迁江苏按察使。按照江苏惯例，每一个新官上任都要给总督、巡抚送上约合四千两银子的币礼。这些银两都将以各种形式转嫁到老百姓的头上，加重百姓的负担。当张伯行上任以后，属吏也将这个惯例告诉了他，催他赶紧筹集银两送上去，以免上面怪罪下来，找他的麻烦。

张伯行对这种腐败现象十分反感，他对好心的属吏说："我做官，决不妄取百姓一文钱，哪能办那样的事呢！"于是，张伯行坚决抵制了这股歪风邪气，一文钱也没有送给总督、巡抚，却竭尽全力为百姓做了很多好事。

后来，张伯行因政绩卓著调任江苏巡抚。总督噶礼心里十分不满，只是因为张伯行勤政爱民深得康熙帝的赏识和百姓的爱戴，故而隐忍未发而已。

　　张伯行就职以后，为了进一步整顿吏治，推行廉政，针对总督噶礼的贪污行径，以及按属官送礼多少评定官员政务优劣的歪风，发布了禁止属员馈赠的檄文。在檄文中，张伯行明确地指出："每一粒粮食，每一文钱都是百姓的血汗，少征收一文钱，百姓就得到一文钱的好处；多征收百姓一文钱，我们的身上就会留下一个污点。正常的交往，是不能废止的，但是所送的礼物，却又从何而来呢？我希望各司、道官员不要再妄取百姓财物，损民肥私，那么江苏的社会风气就一定会好起来。"

　　檄文公布以后，在社会上引起了强烈的反响：其属下官员更加敬佩张伯行；百姓也拍手欢呼；只有总督噶礼心里很不是滋味，恨不得立刻把张伯行赶出江苏。

　　从此以后，总督噶礼到处寻隙，向朝廷弹劾张伯行。张伯行也向朝廷上奏章，揭发总督噶礼大张威福，鱼肉百姓的罪行。起初，康熙帝以为督、抚互相弹劾，乃因不能相互合作，相互谅解而引起的，所以下令同时解除二人的官职，听候审理。后来经过调查了解才明了其中原因。于是将噶礼革职查办；张伯行留在江苏继续担任巡抚。

　　江苏百姓听说张伯行留任，欢声雷动，纷纷赶往圆妙观，结彩焚香，感谢康熙帝将"天下第一清官"留给了江苏百姓。

江苏官吏在张伯行的教育和带动下，也都纷纷破除惯例，清廉爱民，做了不少有利于百姓的事，使江苏百姓受益匪浅。

◆ 皇帝赐谥"清恪"，意思是为官清廉，恪勤职守，很精确地概括了张伯行的一生。

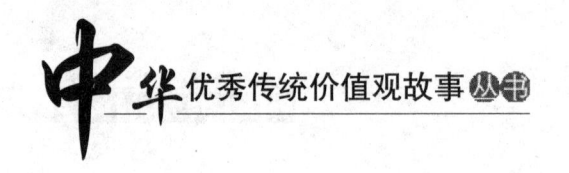

45. 深受百姓爱戴的汤斌

清朝初年，河南睢阳出了一位因清廉爱民而受到百姓爱戴的人。他就是历仕顺治、康熙两朝的进士汤斌。汤斌，清初理学名臣。字孔伯，号荆岘，晚号潜庵，谥号文正。

汤斌生于明朝末年，自幼饱受战乱和颠沛流离之苦，并目睹了百姓遭受战乱和贪官污吏压榨，衣不蔽体，食不果腹的悲惨情景，所以，在他为官期间，不汲汲于名利，一心只求尽职尽责，为朝廷和百姓多做几件好事。

顺治帝见汤斌才德兼备，委以重任，任命他为潼关道副使。

潼关地处晋、陕、豫三省交通要冲，历来为兵家必争之地。当时潼关贪官肆虐，官兵抢掠，盗匪猖獗，百姓生活极端困苦，

汤斌到任以后，首先告诫下属的官吏说："从今以后，你们不要妄取百姓的钱财，也不要随便役使驿站的夫役，如有违犯，必严惩不贷。"

遇到清兵过境，汤斌都要和主将订立约法。约法中明确规定："兵部规定供给的给养等物，如果没供应到，主将可申报朝廷处分汤斌；官兵如在规定供应范围之外，妄取百姓一草一木，汤斌也将申报朝廷处罚主将。"

汤斌这样做，不仅约束了下属官吏贪赃枉法，鱼肉百姓，而且制止了过往官兵对百姓的骚扰和抢掠，在一定程度上保护了百姓的利益和生活安宁。

有一次，总兵陈德调防湖南，过潼关时，借母亲有病，欲暂时驻兵潼关，被汤斌拒绝，于是陈德向汤斌强索军用车五千辆或折银自雇。汤斌派人深入调查，了解到陈德军中用车不过两千辆，为了减轻百姓的负担，少派车辆，汤斌就巧设计谋引陈德自入圈套。

汤斌先调集了两千辆车，藏匿起来，然后摆酒宴请陈德。酒席桌上，汤斌提出"以人量车"，凡士兵家眷坐满一车，即驶出城外，尽出为止。陈德不知是计，欣然同意，便与汤斌坐在城门楼上饮酒观看。

直到四更天，陈德属部士兵家眷皆乘车出城，用车还不到两千辆。陈德这才知道上当了，但因有约在先，无法反悔，只得怏怏离开潼关。

汤斌就是这样，时刻为百姓着想，替百姓节省每一文钱。所以，他不仅得到百姓的爱戴，而且也得到下属官员的尊敬和拥护。

康熙十八年（1679年），汤斌被任命为江苏巡抚。他仍以勤政爱民为本，发展农业，兴办教育，多方抚恤百姓，并严禁各级官吏损民、扰民、收受贿赠，使江苏的情况日见好转。

康熙二十三年（1684年），江苏遭受了一场百年罕见的大水灾。大批难民涌入苏州城里，城内秩序混乱不堪。适逢康熙帝南巡，总督衙门为了邀功请赏，制造为政廉明的假象，不仅不想办法赈济灾民，反而把大批灾民赶出城外，任其冻饿而死。他们见苏州城里道路比较狭窄，便下令拆毁路边民居和店铺，拓宽"御道"，又造成大批苏州居民无家可归。

汤斌见此情况，尽力制止他们说："圣上关心百姓疾苦，才到江南视察。圣上既是为了百姓而来，哪里能允许你们拆毁民居，使百姓无家可归这样的举措呢？"

等到康熙车驾来到以后，汤斌马上向康熙帝启奏，说明事情的经过，请求赈灾安民。

康熙帝沿途本来已有所见闻，听了汤斌的报告以后，立即下令免除了江苏灾区的税银，并责令总督衙门对苏州城里因拆屋扩路而无家可归的居民给予补偿和妥善的安置。

◆ 百姓闻讯之后，非常高兴，都把勤于政事，爱民如子的汤斌比做中药中的救命汤剂——"黄连半夏人参汤"。

46. 海疆治行第一人陈璸

陈璸是清代康熙时的名臣。他出生在广东海康，字文焕，号眉川。他廉洁清明，爱民重士，励精图治，布衣素食，深受百姓爱戴。康熙帝称他为"苦行老僧"。

康熙三十三年（1694年），陈璸考中了进士。三十九年（1700年）他就任福建古田知县。

陈璸来到古田县，就对当地情况进行详细的调查。他发现一些富家大户隐瞒土地，虚报数字，结果普通劳动人民承担了过多的赋役负担。许多家庭无法维持生计，食不果腹，只好举家逃亡。陈璸不惧强豪，坚持实事求是的原则，宣布平均赋役，减轻了平民百姓的负担，使百姓生活有着落，安稳下来。百姓外流的状况制止了，古田的政治、经济状况也好转起来。

陈璸的特殊政绩是他在台湾和东南沿海地区任职时创立的。1702年，陈璸调任台湾令，隶属福建省。

陈璸任台湾令一年后，便升往中央做刑部主事、刑部员外郎、兵部郎中，后又出任四川提学道。康熙四十九年（1710年），他由福建巡抚张伯行推荐，又回到台湾

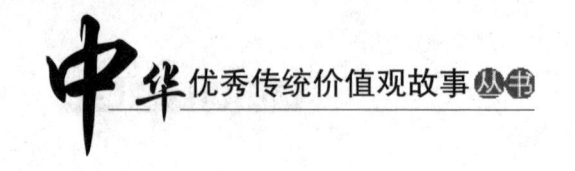

任厦门道。

　　陈璸在台湾任职五年，此间他做了许多利国利民的好事。他重视人才，提倡教育，劝导人们要辛勤劳作，发展农业生产。陈璸刚直不阿，秉公办案，对于那些贪官污吏毫不留情，对于行贿、说情之人坚决拒之门外。他的做法，严肃了法制，整顿了官吏中的不良风气，深受百姓们的欢迎。

　　陈璸还是个体恤百姓的清官，十分关心百姓疾苦，尤其是从事农耕的普通百姓。为了了解百姓的生活，陈璸经常微服出访，了解第一手资料，为百姓解决实际问题。有时天降暴雨，洪水成灾，陈璸见百姓深受洪患，家破人亡，流离失所，忧心如焚。他一边开仓放粮，安抚饥民，一边亲自上堤背石堵补缺口，和百姓共担灾害。灾后他宣令减免徭役，减轻百姓负担，做好善后工作。康熙四十二年（1703年），陈璸升迁中央任职，台湾人依依不舍，不愿陈璸离任。七年后，陈璸又任台湾厦门道，台湾百姓听说后欢欣鼓舞，纷纷奔走相告，全城百姓都自动前来迎接，像过年一样。

　　陈璸重回台湾任厦门道，政绩卓著。他了解了台湾的实际情况后，立即着手处理事务。对于那些豪强恶徒，坚决给予打击，将影响巨大的十大案子一一处置，严惩首犯。使那些奸恶之人闻风而逃，不敢露面。他生活清贫，却将俸银三万两全部捐献出来修理炮台。官府收入他分文未动，悉数归公。凡是有利百姓的事，他都努力做到。

康熙五十三年（1714年）台湾遭受灾害，遍地饥荒。陈瑸便离开府第，亲自骑驴下乡勘察民情。各地受灾情况他都了如指掌，并根据实际情况，给予宽松政策，或减少赋税，或缓征徭役，使百姓能够度过灾害，重建家园。同时，他又鼓励商业发展，促进市场繁荣，保证货源充足，供给平民生活，改变灾年的萧条局面。

陈瑸对当时台湾的教育也做出了贡献。他主张兴学广教，发展文化教育事业，并兴建多所学校。闲暇之时，陈瑸便亲临学堂，教导学生做人之道、作文之道，使台湾这个曾经是"番民之地"，变成"礼仪之乡"，改变了社会风气和风俗。

康熙五十二年（1713年），陈瑸任期已满，将得到升迁，台湾百姓恳请陈瑸留任，得到批准，百姓欣喜若狂，口呼万岁。但第二年，康熙帝特命陈瑸为偏沅巡抚，台湾人悲喜交加，欢送陈瑸之后，在文昌阁塑造了陈瑸像以示纪念。

陈瑸来到湖南长沙府任职，一如既往，为民谋利。他将危害百姓的湘潭知县王爰溱严惩，罢免其知县职务，并将包庇他的长沙知府薛琳声官降三级，严厉打击了不正之风。

不久，他又公布了八项措施，以助除弊便民。主要

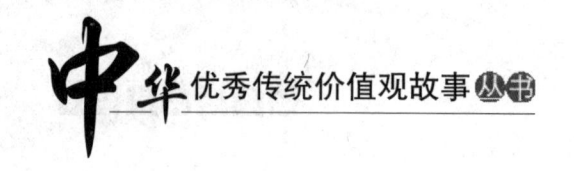

内容是：减徭役赋役，不准滥用酷刑，贮粮补给民用，设公益仓储以便民，崇尚节俭怜惜民财，禁止行贿受贿，兴建书院注重教育，整饬装备操练军队。这八项措施受到康熙嘉勉，得以贯彻实施。

康熙五十四年（1715年），陈瑸又调任福建巡抚。在位期间，他重建考亭书院，加强海防，对长期横行海上的盗贼给予沉重打击。

这年冬天，闽浙总督入京，他兼任总督之职，奉命巡海。此间，他自带饮食，拒绝沿途各地官员的迎请，并将公费银一万五千两，充作公饷，发展地方事业。巡视过程中，他发现沿海堤岸水闸为海潮冲刷，损毁严重，影响沿海地区的农业生产。陈瑸急百姓所急，立即上书恳请朝廷拨款修筑，并从自己府里拿出公银五千两，购买木料砖石，组织人力充修堤岸，为地方百姓造福。

康熙五十七年（1718年）十月，陈瑸积劳成疾，病逝于闽浙，终年63岁。他死后仅覆盖一席布被，从俭丧葬，一如他为官风格。

陈瑸一生为官清正，关心百姓疾苦，严格要求自己，体恤平民而不爱护自身，全身心地为国为民。正因为如此，陈瑸赢得了百姓的尊敬和爱戴，也在历史上留下美名。

◆ 陈瑸一生清正廉洁，勤政爱民，康熙皇帝称之为

"清廉中之卓绝者",与于成龙、施世纶等同为当朝名臣,跟海瑞、丘浚合称岭南三大清官。目前,在雷州市境内有关陈瑸的古迹主要有三处:陈瑸故居、陈瑸墓、陈清端公祠。可见百姓是多么爱戴他。

47. 扼杀馈送之风的杨锡绂

杨锡绂，字方来，号兰畹，江西清江人，清朝大臣。雍正五年进士，授吏部主事。累迁郎中。考选贵州道御史。十年，授广东肇罗道。肇庆濒海，藉围基卫田。岁亲莅修筑，终任无水患。

广东地处南方，盛产水果，尤其是广东荔枝皮薄肉厚，甘美芳香更是名扬天下。

杨锡绂到任之后，见广东地方官多以送礼、赠土产为名，向百姓强征、贱买土特产品，作为取悦上司或买通关节的手段。肇罗道所属新兴县出产荔枝，"每年当荔枝熟时，该县知县必择其鲜美者装成小篓数百，雇船运载，分遣家人送各上司及邻近同官"。侵民扰民十分厉害，当地果农都将该知县视为荔蠹。

后来，杨锡绂升任广西布政使，见广西官场也是如此。从而使他深切地感到送礼之风对官吏的广泛而恶劣的影响，以及对百姓的侵扰和伤害。所以，杨锡绂一面训诫属下官吏廉洁奉公，严禁向上司和同僚送礼及接受馈赠；一面上书朝廷，请求乾隆帝下令，禁绝馈送之风,写下了朝野闻名的《请严禁馈送土产疏》。

在这篇奏章中,杨锡绂以新兴县知县馈送上司荔枝一事为例,说明了馈送之风必须严禁的理由,他说:"接受馈赠的人认为送来的不过是一些土产、鲜果,于名节无损,坦然接受。送礼的人认为过去历任官员皆已馈赠,不便因为自己任职就改变先例,因此馈赠之风,屡禁不止。其实送人的那些荔枝土产,都非知县本人种植,都是来自百姓家。拿了荔枝不给钱,是百姓受害;拿了荔枝给钱,钱从何来?难道是知县自己的俸银吗?更何况,摘收、运输馈送又要花费多少人工和精力呢?各地鲜果名点、土特产品品类繁多,可送之物比比皆是,如果馈赠之风不禁,必然累及百姓,百姓将不堪其侵扰。"

因此,杨锡绂恳请"皇上颁发谕旨,凡有土产州县,永远禁止馈送,上司不得一毫收受,违者严加议处。庶大小臣工咸知痛改积习,而百姓阴受其福矣"。

乾隆帝看了杨锡绂的奏章以后,见其切中时弊,因此非常重视他的建议,马上颁发谕旨,令行全国各州、县,严禁官员馈送。

杨锡绂不仅向乾隆帝提出建议,在全国范围内刹住馈赠之风,而且自己也以身作则,自觉地抵制馈送。

乾隆八年(1743年),杨锡绂因勤政爱民,政绩卓著,升任广西巡抚。

一天,他因患病配药需要鹿茸一对,派人送银二十

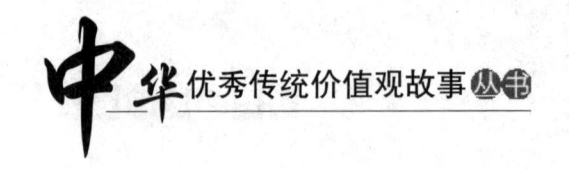

两，请梧州知府代购。

梧州知府便趁机暗中作巧，附送了一盒人参。杨锡绂看到以后，立刻将人参交来人带回，主动拒绝了馈送，而且，还严厉地批评了梧州知府，并上书朝廷，要求对他这种违反禁令的行为严加处理。

◆ 这件事发生以后，广西所属官员再也没有以身犯禁、馈送礼品、鲜果、土特产品的人了。广西百姓为此十分感谢杨锡绂，将其视为"父母"。

48. 锐意改革的田文镜

田文镜,清朝康熙、雍正时期的人物,官至当时的太子太保、兵部尚书、河南总督。历史上的田文镜是一个深受雍正皇帝器重的官员,他为官期间秉公办事,为百姓赈灾、解难,是个清官。

清朝雍正元年(1723年),年过六旬的内阁侍读学士田文镜。受命告祭西岳华山。途经山西时,他得知山西官员匿灾不报,以致百姓遭殃,便如实把情况向雍正皇帝汇报了。

雍正帝见他正直无私,便派他前往山西赈灾。当他圆满完成赈灾任务以后,雍正帝就把他留在山西担任山西布政使。第二年又调任河南巡抚,总理河南政务。

在田文镜未到河南以前,河南连年遭灾,百姓生活苦不堪言。田文镜到任之后,立即着手整顿吏制,清查亏空。对那些贪赃枉法、玩忽职守的官吏,该撤职的撤职、该教育的教育,都进行了彻底的清查。

然后,田文镜不顾自己年老体弱,坚持亲自深入民间了解情况,探寻河南年年灾害不断的原因。经过深入

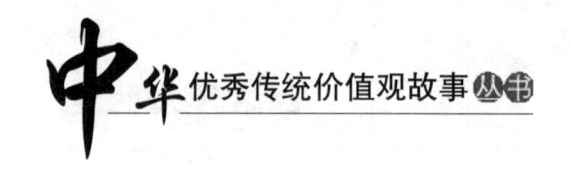

的调查、访问，他了解到河南境内的黄河、淮河、汉水、卫河等河流的河堤工程年久失修，以致无雨干旱，眼睁睁地看着河水流过却无法用来浇灌干旱的庄稼；遇到大雨，河堤就决口酿成严重的洪灾。

田文镜为了改变这种状况，决定由政府拨款修筑河堤，并提出人夫应由各州县"按照百姓地亩，或半顷或两顷出夫一名"，"绅衿里民一体当差"的原则摊派。

这个摊派原则，本来是个利国利民的政策，但是却触犯了地主阶级的利益和特权。有田地半顷或两顷者，一般都是农村的富户，他们与绅衿一样享有免役的特权，现在新任巡抚却让他们和绅衿与平民百姓一样当差修堤，不禁火冒三丈。

于是开封府的绅衿、武生齐集巡抚衙门，要求田文镜维护儒户、官户的特权，取消一体当差。当他们的要求遭到田文镜的拒绝以后，他们又以罢考来威胁和挟制田文镜。

当时，河南的学臣对此装聋作哑，一言不发，任其胡闹。而负责司法、监察的按察也对他们采取纵容的态度，说："我只管人命盗案，其他的事都不在我职责范围之内。"

整个河南形势对田文镜都十分不利。但是，田文镜为了把"一体当差"这项有利于百姓的改革措施贯彻到底，他在河南其他官员袖手旁观的情况下，与地主、绅衿进行了坚决的斗争。

他经过调查核实，迅速将首恶分子逮捕严办，对其他随从的人晓之以法，喻之以理，使考试照常进行，各处河堤也按原定计划开始动工，河南境内迅速恢复了安宁。

经过一年多的努力，河南的河堤工程取得了明显的效果。雍正三年（1725年）夏天，遇到大雨，黄河水位升高了四五尺到七八尺不等，水势汹涌，有多处河水已经出槽漫滩，但是没有一处河堤决口，酿成洪灾。

◆ 田文镜正是以自己锐意改革，勤政为民的行动，换来了河南的繁荣和发展，被雍正帝树立为全国督抚之楷模。

49. 心系百姓的郑板桥

郑板桥，清代官吏、书画家、文学家。名燮，字克柔，汉族，江苏兴化人。康熙秀才、雍正举人、乾隆元年进士。"扬州八怪"之一。他的艺术作品蜚声海内外。同时，他还是一个爱民如子、体恤百姓疾苦的清官。虽然他只做过县令这样的小官，可他却赢得了属地人民的厚爱。

郑板桥出身书香世家。板桥出世时，家业已破落，三岁时生母去世，由叔父及祖母蔡夫人的侍女费氏养大成人。二十四岁时考中秀才，但后来一直不得志，直到雍正十年（1732年），郑板桥才乡试中举。乾隆元年（1736年），他赴京会试考中进士，时年四十四岁。

郑板桥考中进士之后，并未很快得到官职，于是他返回扬州，等候朝廷授职。四年后，即乾隆六年（1741年）春，他被任命为山东范县县令。

范县位于黄河北岸，地域较小，辖境内仅十万人口，县城内不过四五十户人家。这里的百姓古朴淳厚，勤劳诚恳，民间诉讼很少。郑板桥偶遇诉讼，也总是酌情宽待，力勘冤情，体察下情，甚至不顾旧礼。

一次，郑板桥正在大堂上闲坐，忽然堂外人声喧闹，他忙命人出去查看。一会儿，差吏带着一群人进来，前面押着两个人，他们一个是和尚打扮，一个是尼姑装束，双手都反绑着。

郑板桥细细盘问情况，原来两人自幼在一起玩耍，感情浓厚。但都家境贫寒，家里无力抚养，各送到和尚庙、尼姑庵出家以求温饱。但两人真心相爱，无法割舍，竟不顾寺规偷偷相会，结果被村民发现，扭送公堂。郑板桥见二人情真意切，又年貌相当，便当堂宣布：令二人还俗，配成夫妻。并赋诗相赠："是谁勾起风流案？记取当堂郑板桥。"此案传开之后，百姓都说郑板桥体贴民众，是个好官。

郑板桥对百姓的疾苦十分了解，他为了及时勘察民情，经常身着便服，脚穿草鞋下乡察访。即使夜里外出查巡，也仅令一人提着写有"板桥"二字的灯笼引路，不准鸣锣开道，不打"回避""肃静"的牌子，避免打扰百姓休息。有时，他还亲自到田间地头，与农夫聊天。对于他的这些做法，许多官吏认为并不适宜，纷纷指责。但郑板桥认为只有这样才能体会到做官的乐趣。正因为如此，范县的百姓都把郑县令当成自己的衣食父母，对他崇敬有加，十分爱戴。

郑板桥在范县任职五年，辖境内百姓安居乐业，民风良正。乾隆十一年（1746年），郑板桥因政绩昭著，调迁山东潍县任县令。

　　潍县濒临渤海，盛产海盐，风景优美有"小苏州"之称。郑板桥上任以后，一如既往，将百姓的疾苦放在第一位，尽力安抚。对于县城里的孤儿寡母给予极大的关怀和帮助。遇到穷孩子无钱买本子念书时，他便欣然解囊相赠。有时碰到孩子遇雨没法回家时，他就把孩子带到县署中吃饭，又想到孩子的母亲含辛茹苦做双新鞋不容易，便找出旧鞋给孩子们换上穿着回家。郑板桥对孩子们的关心和爱护，深深地感动了潍县百姓。

　　郑板桥在潍县七年中，潍县竟连续五年遭旱、蝗、水灾，百姓苦不堪言，庄稼收成无望，无以为计，逃荒乞讨者不计其数。郑县令忧心如焚，他一面向朝廷据实禀报实情，请求赈济，一面又以工代赈、兴修城池道路，招引远近的饥民赴工就食。他还下令城中富户轮流在道边设置大锅，煮粥供百姓充饥。对于那些囤积居奇妄想借机大捞一把的恶徒给予严惩，并勒令平价卖粮。郑板桥自己也节衣缩食，捐出自己的俸银，解救灾民。

　　但是由于天灾严重，这些措施仍无法解决问题。郑板桥毅然决定开官仓放粮赈灾，他下属人员都劝他不要仓促行事，等呈文批下来，再做打算，否则若朝廷不允，恐怕官职难保。郑县令听了，说："待到层层批下来，恐怕百姓早就饿死了，还要我这个县令干什么？如朝廷追究，我一人担当！"随后，他立即下令从官仓中拨出大批谷子，由百姓凭借条领出维持生计，秋后再行奉还。到了秋天，庄稼入仓无几，灾情仍很严重，百姓担心还不上官粮受到处罚。郑板桥见此情况，又当着百姓的面将借条统统付之一炬，解除了百姓的后顾之忧。由于郑板桥采取措施得当，潍县居民多数活了下来，度过了灾难。

郑板桥在潍县还严厉整饬了盐务，保护了小商贩的利益。潍县盐业发达，盐商很多，有官营和私贩之分。有的官商勾结，设立关卡，提拿小盐贩，轻者没收其货物，重者打伤致残，受牢狱之苦。有的奸商则欺行霸市，囤积居奇，哄抬市价，本小利薄的小商贩经常受到排挤而破产。郑板桥对那些勾结官府的奸商，不徇私情，严厉惩处，触怒了一些富商大户，遭到他们的诽谤和诬蔑，但郑板桥坚持原则，毫不屈服。

由于郑县令关心百姓，经常直言上报，冒犯了上司，受到打击报复，被罗织罪名陷害。郑板桥愤然请求辞官，上司借机罢免了他。他离开潍县时，全城百姓都前来相送，郑板桥感动得热泪盈眶，画竹惜别潍县士民。他身着毡衣，头戴岚帽，仅雇用三头毛驴踏上归途。

◆ "官清文正，人所共知！"一直以来，"扬州八怪"之首的郑板桥在人民心目中是个为民请命的清官。

50. 舍命救稻的魏源

魏源，清代启蒙思想家、政治家、文学家，近代中国"睁眼看世界"的先行者之一。名远达，字默深，又字墨生、汉士，号良图，汉族，湖南邵阳隆回人，道光二年举人，二十五年始成进士，官高邮知州，晚年弃官归隐，潜心佛学，法名承贯。魏源认为论学应以"经世致用"为宗旨，提出"变古愈尽，便民愈甚"的变法主张，倡导学习西方先进科学技术，总结出"师夷之长技以制夷"的新思想。

清朝道光二十九年（1849年），魏源被任命为江苏兴化县知县。

兴化县靠近高宝、洪泽二湖，地势非常低洼，就好像是一个大锅底。每当湖水上涨，就要威胁到堤岸的安全，而堤岸决口又将影响运河漕运。朝廷为了保证漕运畅通，所以在堤上修了南关、中新等五座闸门，准备用来泄洪。

本来下河农民种早稻，等到每年秋天湖水上涨时，庄稼已经收割，这时开闸放水，并不影响农民当年的收成。但是到了道光末年，官场腐败，河费贪污严重，致使堤岸年久失修；一旦湖水上涨，又怕承担溃堤的罪责，所以，河帅不管百姓死活，动不动就开闸放水，往往将农民即将收获的稻谷冲得干干净净，颗粒无存。这种人为的灾害，尤以地势低的兴化县受灾最重。

魏源到兴化上任的第三天，两湖之水，由于连日大雨迅速上涨，河帅又要启闸放水。魏源闻讯，心急如焚，他不能眼睁睁地看着百姓一年的心血白费，不能让即将收获的稻子被水冲走，

于是他与河帅据理力争，希望河帅体谅百姓的苦楚，尽力保堤，暂缓启闸，以免操之过急，给百姓造成灾害。但是，河帅害怕万一堤溃受责，就是不肯答应。

魏源没办法，只得连夜赶到总督衙门，击鼓求见，请求总督陆建瀛为民做主，暂缓开闸放水。

总督陆建瀛为了了解情况，亲自前往湖区勘查，终于批准了魏源的请求。

当时，正赶上秋风大作，暴雨倾盆，湖浪挟着狂风拍击堤岸，年久失修的湖堤被浪涛大块大块地冲刷下来，情况十分危急。魏源不顾年高体弱，在狂风暴雨中，奔走呼号，指挥七县农民挑土护堤。

突然，有一处堤岸在风浪的啮蚀下将要溃决了。河帅再次提出开坝放水。魏源顶着风雨，仆倒在危堤上，放声痛哭，决心以身护堤。他对周围的人说："如果保不住湖堤，情愿让开闸放出的湖水将我冲走！"

百姓见此情景，深受感动，全力投入抢险，经过昼夜奋战，终于渡过难关，保住了堤岸和庄稼。

当人们含着热泪，用门板把满身泥水、汗渍、双眼肿胀得几乎看不见人的魏源抬下堤岸时，百姓纷纷跪在地上，感动万分。

◆ 这一年，兴化县在大灾之后，水稻却获得了大丰收。当地百姓为了感谢魏源舍命护堤救稻的功德，就将这些新收获的水稻称为"魏公稻。"

51. 急民之所急的丁日昌

丁日昌，字禹生，义作雨生，号持静。广东丰顺县汤坑圩金屋围人。清朝洋务运动主要人物，军事家、政治家。20岁中秀才。初任江西万安、庐陵知县。1861年为曾国藩幕僚，1862年5月被派往广东督办厘务和火器，1864年夏任苏淞太兵备道，次年秋调任两淮盐运使。1867年春升为江苏布政使。1868年任江苏巡抚，1875年9月任福州船政大臣，次年署理福建巡抚。1882年2月27日，逝世于广东揭阳家中。

清朝光绪二年（1876年），丁日昌刚刚担任福建巡抚不久，福州市连日暴雨，南门外积水近丈，城内水深处为六七尺。城乡民居、道路、桥梁，都变成一片汪洋。

百姓无衣无食，无栖身之地。更有少数地痞无赖趁火打劫，偷摸拐骗，无所不为，使劫后余生的福州百姓更是雪上加霜，惶惶不可终日。

丁日昌见此情景，立即登上福州城楼，亲自向城中富户筹集粮款，开设粥厂赈济灾民。同时把灾情上报朝廷，请求开仓放粮。他还下令船政局和水师派人、派船

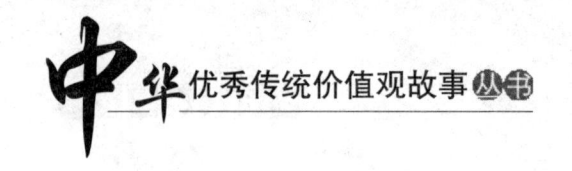

救助被大水围困的百姓，把他们用小船送到城上或山上的庙宇中安置。丁日昌见城中存粮不多，又派船到未受灾的地区购粮，把这些粮食运到受灾的地方平抑粮价、安定民心。他派出干练的差役和兵丁，日夜四处巡视，严办那些趁火打劫的不法之徒，维持福州城内外的秩序。经过丁日昌和全城文武官员、兵勇、差役三天三夜的共同努力，救助了几十万灾民。被救助的福州百姓感激地流着泪说："活我者，丁中丞也。"

第二年五月，福州又因暴雨成灾。这次灾情更为严重。时值丁日昌在家养病已一月有余。当他听到灾情报告后，立刻让人抬着他，登上城楼指挥抢救。

他调集了数百只小船，往来接送被大水围困的灾民，并抱病亲自安慰灾民，安排食宿。他与福州文武官员共商赈灾、救灾之策，一直忙了四天四夜未回府衙。因昼夜劳累，他病势加重，脚肿至膝，口吐鲜血，仍不休息。

洪水退后，他又拖着病躯组织灾民重建家园，恢复生产。鉴于福州这两次水灾的教训，丁日昌还组织百姓以工代赈，兴修水利，增建排涝设施，增强了防治水灾的能力。

◆ 福州百姓看到身居高位的丁日昌急民之所急，救民之所救，日夜操劳，奋不顾身，都很感动，视他为"万家生佛"。